Ya sólo habla de amor

Ray Loriga (Madrid, 1967), novelista, guionista y director de cine, es autor de las novelas *Lo peor de todo*, *Héroes*, *Caídos del cielo*, *Tokio ya no nos quiere*, *Trífero* y *El hombre que inventó Manhattan* y de los libros de relatos *Días extraños* y *Días aún más extraños*. Su obra literaria, traducida a catorce idiomas, es una de las mejor valoradas por la crítica nacional e internacional. En el mundo del cine, participó en la redacción de los guiones de *Carne trémula*, *El séptimo día* y *Ausentes*, escribiéndolos en colaboración con sus respectivos directores, y dirigió *La pistola de mi hermano* y *Teresa, el cuerpo de Cristo*.

RAY LORIGA
Ya sólo habla de amor

punto de lectura

© 2008, Ray Loriga
© De esta edición:
2009, Santillana Ediciones Generales, S.L.
Torrelaguna, 60. 28043 Madrid (España)
Teléfono 91 744 90 60
www.puntodelectura.com

ISBN: 978-84-663-2335-2
Depósito legal: B-33.199-2009
Impreso en España — Printed in Spain

© Fotografía de cubierta: cortesía de Fátima de Burnay

Primera edición: octubre 2009

Impreso por Litografía Rosés, S.A.

El sentimentalismo no se corrige volviéndose cínico, sino volviéndose serio.

CESARE PAVESE

La sala de baile

«Se ha vuelto loco», dijo su portera al verle salir, cabizbajo y ensimismado, con la apariencia esquiva y el caminar acelerado de un hombre que ha contraído deudas imposibles de pagar. «Está siempre solo», añadió con enorme disgusto la dichosa portera, para después forzar una pausa que presagiaba un juicio definitivo, «... y sin embargo, a veces se le ve estúpidamente contento, y además, ya sólo habla de amor».

La vecina, siempre hay alguna vecina, asintió con la cabeza, aunque no tenía el menor interés en el asunto.

A él, por otro lado, no podía preocuparle menos la opinión de su portera, estaba ya pensando en comprarse un traje nuevo. Un traje elegante y oscuro. Estaba muerto por fuera y por dentro pero su vanidad seguía casi intacta. ¿No caen así los soldados? Llevaba demasiados años condenado a los mismos cuatro trajes y si su aspecto no era mejor, la culpa la tenía sin duda su tristísimo ropero. Esa misma tarde pensaba llevar a una mujer muy hermosa a una fiesta muy alegre en la Embajada suiza, y sus trajes no estaban a la altura de las circunstancias. Todas las mujeres a las que alguna vez había querido vestían, en cambio, de maravilla y daba gusto verlas.

Sebastián no es muy feliz, hay un poema de Blake que le inquieta, pero a veces, al mediodía, se siente extrañamente alegre y sonríe sin motivo, como si no tuviera muchas preocupaciones, y es cierto que sólo habla de amor, pero no se ha vuelto loco. ¡De qué otra cosa podría hablar!

Tiene en estos días, o eso quiere pensar, la remota elegancia de los mendigos. No es un mendigo porque no pide nada a nadie, pero está a punto de abandonar la causa general, el correo electrónico, las efemérides, la vida social, el mundo y sus porteras. Se atusa el pelo con las manos, y enseguida se pone a pensar en cosas importantes. ¿Importantes para quién? Importantes para él, faltaría más. Si está desconsolado es cosa suya, si quiere amar a quien ya no se deja amar, a nadie debería importarle. Si su amor es o no sincero, o lo fue en el pasado, ¿quién puede decirlo? Desde luego no las porteras o las vecinas de su barrio. Si se ríen de él, que se rían. A veces mira a las mujeres con un amor verdadero que aparentemente no dura nada. Y luego se esconde, y a escondidas, las ama en silencio y para siempre.

En las calles no hay más que una mujer para él, pero se guardará muy mucho de decir su nombre, tal vez porque ya le mandó rosas, sin suerte, así que se dedica a mirar con devoción a perfectas extrañas. No hay nada mejor que pasear entre las cosas de las mujeres para respirar siquiera por un instante las pocas promesas que ofrecen los días. Se dedica a observar a las mujeres y carece de cualquier otra fe. Así se le pasan más ligeras las tardes. No hay detalle que se le escape, y reconoce los zapatos de todas las muchachas porque está iniciado en los misterios de la moda. No es que se dedique a eso, es tan sólo un pasatiempo. Conoce bien sus Jimmy Choo, sus Marc Jacobs, no hay H&M que se la dé, ni Prada que no identifique. Es un halcón para las buenas hechuras, los ritmos exactos y los cortes sinceros. En su demencia ha encontrado cierta paz para su alma en las tiendas de *vintage*, en los vestidos que han llevado dos mujeres distintas por idénticas razones. Saint Laurent, Lanvin, Courrèges... Quisiera darles las gracias a todos por arropar con tanto respeto y audacia los sueños de las damas. No es Coco Chanel, pero no le falta gusto. Tampoco está pez en patronaje, lo que le llena de orgullo porque sabe que no hay muchos hombres que puedan presumir de tales conocimientos. No es raro verle merodeando en las secciones de complementos, cosméticos y perfumes de los grandes almacenes. Le importa saber a qué huelen las mujeres y por qué. Las preocupaciones de las mujeres, por nimias que sean, son también las suyas. Dries van Noten, Martin Margiela y el resto de los magos belgas de la moda no tienen secretos para él. ¡Si se pasa el día delante de los escaparates hasta que las elegantes vendedoras le azuzan a los guardias de seguridad! Cuando camina por la calle sólo se fija en las mujeres, con delicada atención, y todo lo demás le importa un bledo.

Leyó la Torah en su día y se sabe la Biblia de memoria, pero nada despierta más su interés que la ropa que eligen las mujeres para ofrecerse como hermosas.

La portera le da siempre los buenos días, y él no siempre responde. Sus mañanas son terroríficas, le asaltan miedos imposibles de descifrar. Se despierta en una habitación sin cortinas, amenazado por las horas siguientes y por desgracias que imagina inevitables, y sólo al mediodía consigue sonreír, porque se da cuenta de que todo lo que temía no ha sucedido. Hay ángeles que le protegen, sin duda, y pasa la tarde dándoles las gracias con exquisita educación. Nada le atrae menos que las pastelerías. ¡No soporta los dulces!

Aun en sus peores días, no deja pasar un café americano, ni la lectura de los principales periódicos, le gusta estar informado. Las noches se le hacen eternas, llenas de pesadillas grotescas e infantiles. Por primera vez en su vida vigila el pasillo por la mirilla, salta con cualquier ruido, escucha crujir la madera, se sofoca, y se repite en silencio palabras tranquilizadoras. Y eso que presumió de no tenerle miedo a nada, y es cierto que en esos días no lo tenía, pero ahora se derrumba con el rumor de los insectos, y con sólo imaginar una enfermedad, ya enferma el pobrecito. De cuando en cuando se da unos ánimos que avergonzarían a cualquier persona cabal, pero los necesita.

Está tratando de tenerse cariño de nuevo, como quien intenta ganarse la simpatía de un perro. Es en esencia un hombre bien educado, aunque es cierto que su torpeza y su desinterés reman como muchachotes fuertes hacia el desaliño. Algunas mujeres le reprenden, sus maneras a veces dejan mucho que desear. Un buen día se despertará contento y se reirá de todo esto, y a carcajadas si hace falta, pero no ahora.

Un lunes supo que se convertiría en un monstruo. Habían pasado ya dos años desde entonces, pero nada había cambiado.

A veces, bajo la lluvia, se creía capaz de llorar, pero no dejaba rodar una lágrima, pues sabía que no tenía derecho a componer una figura encantadoramente triste. De hecho ya no se permitía ser encantador en ninguna circunstancia. Y sin embargo, se guardaba una pequeña reserva de encanto por si algún día le hiciera falta.

Apenas hace un segundo, a las puertas de la Embajada suiza, había imaginado una velada perfecta. Tal era su loco optimismo. A pesar de su traje (que no era el que pensaba comprarse, pues sus empeños casi nunca llegaban a nada, sino el menos viejo de entre sus trajes viejos), no tenía mal aspecto y Mónica, la muy hermosa mujer que le acompañaba, estaba radiante. Sólo una mujer puede convertir, con su mera presencia, un segundo cualquiera en una promesa.

En el dobladillo de una falda cabe más alegría de la que él pudiera necesitar en el transcurso de diez vidas. ¡Qué bonito es cruzar una verja importante y traspasar un jardín junto a una mujer hermosa! Qué poco más habría que pedirle a la vida.

Se sabe muerto por ahora, pero no muerto para siempre. El olor de algunas flores le recuerda que un buen día estará vivo de nuevo y será capaz. Lo estaría ya si no tuviera un enemigo tan dedicado y tan molesto, un enemigo que lleva su nombre como quien lleva un absurdo capirote y se hace merecedor de todas las humillaciones.

Está abusando desde hace algún tiempo de la paciencia de las mujeres y de la buena fe de sus amigos, que tienen también sus propios problemas en los que pensar, por eso a veces pasa semanas sin hablar con nadie, para no molestar, pero después se siente ridículo, porque tampoco es tan importante como para ser tenido en cuenta, o para ser siquiera añorado, y entonces se presenta una vez más, en el salón de cualquiera, a incomodar con el diario de sus penas.

Qué aburrido se ha vuelto, y pensar que le querían precisamente por su contagioso entusiasmo.

Le escuchan, sus amigos y algunas mujeres, con infinita paciencia, pero él sabe que no es éste el regalo que esperaban de alguien que, en otros tiempos, había sido la alegría de la huerta. Está del todo convencido de que este perseguir los oídos ajenos, y abusar de los oídos ajenos para la justificación de las propias desgracias, no puede traer nada bueno. ¡Qué sopor!

¡Bebe más vino, duerme tranquilo, ánimo compañero! Ya se sabía de memoria lo que se le dice a un tipo tan pesado como él. ¿Acaso se interesa él por las vidas de sus amigos, por sus hijos, sus causas, sus negocios, sus deudas, sus amores si los tienen? No, con su desgracia le sobra al muy memo. Apenas es capaz de encontrar otro tema. Si acaso los deportes o la publicación reciente de alguna crítica especialmente insidiosa sobre el libro de un colega vivo o muerto, de la que secretamente se congratula. Su tía Flor se olvidó un paraguas en su casa y fue incapaz de devolvérselo.

¡Y ni siquiera vivía tan lejos de su tía!

Le gustaría muchísimo volver a querer como había querido antes, y volver a comportarse de nuevo con divertida ligereza y corrección, y volver a ser tan apreciado como entonces, y tan sensato y entretenido, y aún mejor, pues la gente a la que quiere se merece sin duda su lado bueno, o al menos la devolución puntual de sus paraguas, pero no puede. Cualquier forma de amor, incluso la más diminuta, le recuerda dolorosamente el amor perdido. Incluso esa forma minúscula de amor que viene a llamarse, con frecuencia y a falta de un nombre más adecuado, amor propio. Caminar tres calles para devolver un paraguas le destroza el corazón. Tan pequeño ha llegado a ser. La canción más tonta le detiene, y le obliga a regresar a la cama para taparse la cabeza con las mantas.

No es capaz de amar, pero tampoco está dispuesto a olvidar o a ser olvidado. Se agarra de manera grotesca al último beso, como si fuera el último segundo del último día del fin del mundo. ¡Es tan exagerado en su dolor que causa risa!

Déjalo ir, se dice a menudo, pero no es capaz. ¿No se apresura la gente hacia las barcas de salvamento a poco que se incline la nave? Por qué habría que exigirle a él más entereza.

Si algo le irrita, y así se lo confiesa a sus amistades pensando insensatamente que les interesa, es la naturaleza simbólica de todas las cosas. De acuerdo que el Mississippi de Twain es simbólico pero los niños meten los pies en el agua y lo bendicen. Kafka en cambio es un idiota y preferiría no haberlo leído. Para un escritor no hay nada más pernicioso que leer a Kafka. Cuando estuvo sobre la tumba de Kafka, y era la única tumba que había visitado, pues no había escritor que admirara más (o tal vez sí lo había pero no dio con su tumba), el guardián del cementerio le echó los perros encima. Lo cierto es que el cementerio estaba cerrado y que tras un desesperado intento de soborno, al que el guardián del cementerio respondió con desdén, no tuvo más remedio que saltar la valla y buscar la tumba por sí solo. Y una vez allí, el celoso guardián le soltó los perros, que eran muchos y fieros, y no le quedó otra que correr hasta la valla y saltar al otro lado.

De todo este absurdo episodio en Praga, no sacó más que la certeza de que Kafka era un escritor maligno. Un genio estéril, que empezaba y acababa en sí mismo. Un escritor simbólico. Y él había acumulado tanto rencor contra todas las causas simbólicas..., y con razón. Al fin y al cabo, habían confundido su vida hasta convertirla en un perfecto desastre.

Y claro está que adoraba a Kafka, y quién no, y por eso mismo ya no quería saber nada de él. Alguna vez, en su demencia, se había imaginado a Kafka sobre su tumba, también los grandes escritores deberían visitar a los pequeños, para variar, y había soñado con echarle encima los perros. ¡A ver qué tal le sientan a él estos desplantes!

Pero todo esto, Praga, Kafka, su poquito de ingenio al contar sus intrascendentes correrías y sus nada sublimes percepciones literarias, todo lo que Sebastián había sido en realidad, sucedió hace muchísimo tiempo, y ahora, como bien dice su portera, se ha vuelto loco del todo y ya sólo habla de amor.

Y sus amigos, lo nota porque presta mucha atención a los gestos más pequeños, se agotan con su interminable perorata, y él se siente un charlatán. Un charlatán enamorado, pero un charlatán al fin y al cabo.

Tenía razones para todo y ninguna excusa, y leía mucho pero eso no le hacía más listo. Si bien no era exquisito, sí se consideraba, hasta en los peores días, amable. Pero la amabilidad es una virtud tan limitada.

De ella, de esa mujer en concreto, no dirá nada, porque no existe, porque ella misma le rogó no existir, y él, sumiso como siempre, había aceptado. ¿Cómo contar su historia entonces?

Hablaría de otra mujer, no le quedaba más remedio.

¿Qué derechos acumula alguien sobre su propia vida?

Ninguno al parecer.

Igual da, la historia de Sebastián no tiene enemigos, el juicio ya se celebró, sin su presencia, y su condena no admite apelación. Y en realidad le importa poco, porque está siempre enamorado, y todo lo que se desmorona a su alrededor no va con él y en cambio no puede negar que no es más que un hombre sepultado bajo una pila de escombros. Se maneja a menudo con cierta alegría, eso lo puede corroborar cualquiera. ¿Y esos temores de dónde vienen, entonces? ¿A cuento de qué sus muchos temblores y fiebres?

Quienes pensaban que no tenía corazón se equivocaban. ¡Si se enamora a diario de cualquier camarera! Quienes le consideraban divertido preferirían que no volviese a aparecer hasta estar en condiciones de divertirles de nuevo, y él lo entiende y no les guarda rencor.

Vergonzosos terrores nocturnos le sacuden como a un niño en cuanto sale la luna, pero él piensa que sus terrores son sólo asunto suyo y se niega a dar más explicaciones. Pero a poco que le pregunten las dará, pues no se cansa de contar sus desgracias, ni tiene ya el orgullo necesario para esconderlas. No está en cambio dispuesto a entregar su pena así como así, su pena es suya y no la da.

En realidad el espectáculo de un hombre derruido es una cosa asombrosa, y no del todo insignificante. Tiene su gracia, se mire por donde se mire. A veces, solo en su buhardilla, se dedica con tesón a corregir el nudo de su corbata, como si tuviese algún sitio adonde ir o le quedase algún rastro de importancia. Qué gracioso se le ve frente al espejo, intentando recuperar algo del territorio perdido. Aún cree que puede pasearse con la cabeza bien alta en ciertas fiestas, pero no puede, y no le pregunten su opinión sobre algún asunto de actualidad porque, a pesar de la lectura puntual de todos los diarios, no la tiene. Esa película no la ha visto y ese libro no lo ha leído. Bastante tiene con ducharse cada mañana.

Su situación económica no es buena, de nada vale engañarse. Todo el mundo encuentra excusas para no pagarle y él repite esas mismas excusas mientras aumentan sus deudas, pero ése no es, y él lo sabe, el motivo de sus desvelos. No puede querer más porque aún está enamorado, y se detiene delante de cada puerta abierta sujetando una Biblia que no está dispuesto a vender. No es que no haya perfectas candidatas para su amor, es que su amor ya está entregado, y a pesar de sus esfuerzos, y a pesar de que es un consumado liante, le fallan las fuerzas cada vez que intenta amar a quien en realidad no ama. Tampoco le hace gracia estar arruinado, qué duda cabe, aunque no está de más repetir que ésa no es una desgracia que le abrume, sino una angustia puntual como la que le producen las enfermedades no terminales, las nevadas y otros cataclismos pasajeros. Bien es cierto, y sería injusto no mencionarlo, que no tiene alma de moroso, y que de tanto andar de puntillas por delante de la puerta de su casera ha crecido un palmo en altura y ha encogido dos en dignidad. Todos los lunes se pone al teléfono para dar cuenta de su insolvencia, pues no quiere ser uno de esos cobardes que presumen de sus deudas como si fueran regalos. Lleva las cuentas al día, por más que las cuentas le coman.

Este retrato, en el que Sebastián puede salir excesivamente favorecido, no tiene como finalidad despertar compasión alguna, que no la merece, sino mendigar si acaso un poquito de paciencia. Si algo tiene derecho a exigir Sebastián, (y puede que sea el último de sus derechos), es paciencia, pues él también la ha tenido y la tiene y mucha. Y cualquiera que se acercase por azar a Sebastián y aun sin mucho interés, no tendría más remedio que reconocer que de paciencia, precisamente, anda muy bien servido.

Se ató los cordones de los zapatos y rezó un padrenuestro y al salir a la calle, miró fijamente a una mujer que reclamaba su atención y enseguida desvió la mirada porque tenía otras cosas en que pensar. No le hubiese importado en absoluto amar a una maestra, a una trapecista, a una dentista encantadora, con tal de que le cuidaran un poco. Y sin embargo no se dejaba cuidar, de ahí su estado, ni se sentaba a la mesa de los demás, ni aceptaba comer lo que cariñosamente se le ofrecía. Y en resumen, sólo resultaba encantador si no se le conocía demasiado.

Tenía una cita con una mujer muy hermosa, y había decidido asistir, dando muestras de su inmensa insensatez, al baile de verano de la Embajada suiza, a pesar de que ni era suizo ni bailaba, pero hasta un monstruo merece de cuando en cuando un paseíto fuera de la jaula.

Inteligencia y bondad

Ninguna acción que ignora por completo el territorio de la bondad es una acción inteligente, pues inteligencia y bondad son una y la misma cosa. Si la bondad es la comprensión de lo otro, también la inteligencia es la comprensión de lo otro. La condena de Sebastián partía de haber ignorado esta máxima. Siempre habrá quien nos saque del armario de la historia a un nazi ilustrado y enamorado de Mozart o Goethe, pero eso no prueba nada. Por toda su pericia e ingenio y todo su ruidoso esplendor, los nazis sólo consiguieron destruir Alemania y, lo que es peor, condenar a su pueblo *ad eternum,* mientras condenaban y destruían a seis millones de judíos y cercenaban buena parte del futuro de la humanidad. ¡Ahí es nada! Sebastián no se sentía en absoluto responsable del Holocausto, pero sí de todas y cada una de las desgracias de su vida. Si sólo hubiese sido más bueno. Pero ya era tarde. La mención al Holocausto es por supuesto gratuita pero muy acorde con la manera en que Sebastián magnifica sus propias miserias. No le basta al hombre con ser un miserable, no, quiere ser el más miserable, el más triste, el más enamorado. ¿Tiene derecho a ello? Seguramente no, pero un hombre que celebra solo su cumpleaños se regala lo que quiere.

Esta historia, la de Sebastián, sucede sólo en un momento, en el momento preciso en el que Sebastián se siente incapaz de bailar con una mujer preciosa,

Mónica, en la sala de baile de la Embajada suiza. Si tales historias no son del interés general, está por ver, pero quien así piense encontrará aquí un buen momento para dejar de leer.

Sebastián pasó un invierno en Vancouver junto a un amigo que presumía de que todo en su casa estaba construido a prueba de osos. Las ventanas, la nevera, cada una de las puertas, hasta las alfombras, mostraban una resistencia exagerada. A Sebastián, a pesar del aprecio que sentía por su amigo, le pareció cosa de locos. Hasta que una mañana vio a su primer oso... Hay quien piensa que el miedo es siempre más grande que el monstruo, pero un oso visto de cerca es una cosa muy grande y da mucho miedo.

Estaba a punto de bailar con Mónica, pero no era un buen bailarín, y lo sabía, o al menos lo recordaba, con la claridad con la que recordaba el resto de las cosas que no era. No estaba entre los bailarines, de eso estaba seguro, lo cual era tanto como no estar entre los vivos, como ser ya, en ese mismo instante, un fantasma.

Cuando miraba a Mónica le pasaban por la cabeza toda clase de ideas encantadoras, pero no muy distintas a otras que ya había tenido antes y para nada. Su dolor, porque se puede dudar de todo menos de su dolor, era tan agudo que a veces deseaba no haber amado nunca. Todo el que haya amado conoce ese dolor y no vale la pena extenderse en él.

En otro tiempo hubiera esperado mucho más de sí mismo. En los días de París, por recordar algo cercano y suyo, en esa enorme bañera, en ese pequeño hotel de Châtelet, en esos días de una lluvia distinta y mejor, se imaginó capaz de cualquier cosa. Y había sido capaz de algunas pequeñas hazañas, nada memorables, logros menores de esos que adornan la vida en la cuenta final y que, en estos tiempos en los que las sombras se extendían a su alrededor, debería ser capaz de recordar. Pero las hazañas del pasado en nada despeinan siquiera el presente, es más, la luz de las cosas que fueron oscurece ahora, por contraste, estos días. ¿No se dice una buena mañana te quiero y la mañana siguiente ya no te quiero? Él mismo lo había dicho. Y así se divide el mundo en dos. Es el precio a pagar por la libertad de Caín y del resto de su estirpe de asesinos.

¡Pero hay que seguir, amigo mío!

¡No se me paren en la puerta que me obstruyen el local!

Eso se lo había oído decir Sebastián al portero de un club nocturno, y le sonó como los diez mandamientos condensados en uno.

Su chaqueta está vieja, y de su fino olfato para la política, de su ingenio, de su alegría, que parecía innata pero conllevaba no poco esfuerzo, apenas queda nada, y de la ilusión que supo ponerle antaño a cualquier asunto, por intrascendente que fuera, no queda más que una burla. Porque él es tan capaz como cualquiera de reírse de sí mismo, pero no sin cierta amargura. En fin, que intuir es muy bonito pero saber es peligroso, y él no era un bailarín y lo sabía.

Por eso al ver a Mónica bailar, a pesar de él, y en cambio muy cerca de él, en los salones de la Embajada suiza, dio su vida por terminada.

Si un hombre no es capaz de bailar con la mujer que ama, con la mujer que, al menos, intuye que ama, o a la que quiere y debe amar en cualquier caso, por más que no pueda amarla, es que sus días carecen ya de sentido y no hay por qué pedir más pruebas, una vez se confirma que la muerte que se imaginó en la infancia, lejana e imposible, se aproxima galopando.

¿Y no son, con frecuencia, los primeros días del verano, los que cuelgan más promesas en el aire? Qué crueles pueden ser a veces los vientos más cálidos y las noches más claras.

Tampoco estaba ya dispuesto a hacerse ilusiones sobre el futuro. Sabía, pues no le faltaba experiencia, que las cosas más apetecidas se cogen a veces de la manera más torpe, pero con manos más ágiles.

No tenía, para empezar, grandes ambiciones mundanas, y había estado ya, aunque fuera de visita, en esos lugares que se suponen el vértice de la pirámide social, y si bien es cierto que no es lo mismo ser el dueño de un castillo que el visitante, su posición de huésped le había permitido ver con claridad que no era precisamente en un castillo ni en un palacio donde encontraría el brillo que ahora le faltaba a su vida, con lo cual, su arribismo, que siempre lo tuvo, pues en cada luchador hay al fin y al cabo un arribista, se había desvanecido ante el escaso placer que le habían sugerido ciertas condiciones de vida aparentemente mejores que las habituales. No había pues en Sebastián una aspiración clara por el dinero o el poder, ni siquiera por la fama, que la había conocido (y quién no en estos tiempos), ni por el éxito, que era una palabra tan engañosa que cuando la había tenido en su mano, la había devuelto sin dudar un instante y sin pedir nada a cambio. Todo eso en realidad le era ajeno, y él perseguía, cuando perseguía, (cuando conseguía finalmente perseguir), si no algo más grande, al menos algo distinto. Quede claro que no existe ni ha existido nunca en la enloquecida cabeza de Sebastián una idea clara de superioridad, más bien al contrario, su afecto infinito por todas las formas de vida diferentes a la suya es precisamente la caja de los clavos que ahora le sujetan a la cruz.

No es casualidad que sólo las mujeres se diesen cuenta del daño que otras mujeres le hacían, pues él ignoraba que nadie, excepto él, pudiese hacer daño, hasta esos límites llegaba a veces su arrogancia, y si para él no encontraba nunca excusa, para los otros, y especialmente para todas las mujeres a las que regalaba su corazón como si nada, era capaz de inventar las historias más disparatadas con tal de perdonar, mejor aún, de ignorar, el daño recibido.

Hubiese hecho cualquier cosa con tal de no volver a entrar siquiera en esa sala en la que unos juzgan tan severamente el comportamiento de los otros.

El afecto que Sebastián sentía por los demás era enorme, aunque puede que el amor que estaba dispuesto a dar fuera muy poco, y seguramente su interés, por este o por cualquier otro asunto, era mínimo. Y en ese agujero y con esa tierra se enterraban todos sus sueños de santidad.

No se le escapaba que él mismo, en el pasado, había juzgado y condenado, si bien sólo sentimentalmente, pero con absoluta crueldad, a aquellos a quienes más había querido. Y de sus siniestras ecuaciones había sacado la fortaleza para avanzar dos pasos y caer. No es que estuviera dispuesto a negar la fiabilidad de sus cálculos, es que ya no sabía de dónde los había sacado exactamente, ni sabía con qué datos, ni con qué ofensas, había construido su caso, pero se negaba a dejar de estar orgulloso de esos dos pasos, que eran los únicos que había conseguido dar por sí solo en mucho tiempo.

La sala de baile de la Embajada suiza no es, en cualquier caso, el lugar en el que Sebastián quisiera estar en este momento. La vida en sociedad, que había ejercido sobre él una fascinación considerable, y a la que él mismo había otorgado poderes mágicos para arrepentirse después, estaba construida a base de prestigios indemostrables, de encantos efímeros, como son por otro lado todos los encantos, y de construcciones de felicidad que ignoraban, y tampoco puede ser de otra manera, las verdaderas leyes del mundo. Aquellas que nos obligan a arrodillarnos una y otra vez frente a una aburridísima certeza, la que nos confirma, dolorosamente, que no hay nada fuera de lo común y que sólo puede otorgarse a lo común un carácter extraordinario ignorando, precisamente, esa certeza. Y a pesar de que Sebastián no tenía ningún juicio crítico sobre nada en particular, ni se consideraba, como tienden a considerarse todas las personas normales, merecedor de mayores glorias, sus pocas ganas de bailar se enfrentaban cada vez peor a las salas de baile y a las canciones.

La vida en sociedad, no la vida insignificante de la calle, donde uno se mezcla con cualquiera sin que se establezcan lazos visibles, sino esta vida en sociedad que está siempre llena de nombres propios, de referencias cruzadas, de posiciones de relieve, de nacimientos ilustres y parejas sospechosas, de islas prodigiosas y de descubrimientos artísticos, había dejado de tener sobre él ese efecto curativo de antaño, para convertirse en una noria mareante en la que, a cada vuelta, no cabe más que preguntarse cuántas vueltas restan aún antes de volver a poner los pies en el suelo.

La otra vida, la de la calle, la del pueblo, tampoco despertaba en Sebastián el más mínimo interés, al fin y al cabo no era marxista y no imaginaba en la miseria, ni en el territorio de lo común, ni en lo que se da en llamar gente corriente y honesta (estirando más allá de lo recomendable una leyenda cristiana), ninguna virtud que no pudiese ser encontrada, más limpia, más pulida y más perfecta, en la riqueza, el desprecio y el elitista territorio de la separación voluntaria. Cuando viajaba en avión, y lo hacía muy a menudo, agradecía enormemente esa cortinita que separaba la clase económica de la primera clase, y si bien prefería siempre viajar en primera, cuando no lo conseguía apreciaba que alguien tuviera la decencia de esconder los privilegios de los unos, con el loable fin de no aumentar más aún, las incomodidades de los otros. En su juventud seguramente había soñado con la abolición de toda diferencia entre los seres humanos, pero ya con la edad, y viendo que la cosa no terminaba de prosperar, se conformaba con estar del lado amable de dichas diferencias.

Ahora prefería con mucho estar mejor que ser igual.

Esto se lo escuchó decir una vez a un viejo comunista: aquel que se preocupa por los problemas de los demás, o no tiene problemas propios o ha decidido ignorarlos. Sebastián ya no se hacía ilusiones con respecto al tamaño de su corazón, era endiabladamente pequeño y no tenía sentido seguir negándolo. El sufrimiento ajeno le causaba mucha ternura y muy poca desdicha, y el sufrimiento propio le producía exactamente el efecto contrario.

Si Sebastián volviera a nacer con un voto en la mano, un voto que tuviese poder real para decidir su propia condición, elegiría sin duda ser un jugador de polo en el hemisferio contrario. Un hombre leal, fuerte, atractivo e ignorante de todo ese absurdo territorio de ficción que consuela a los pobres en su derrota. Si además podía vivir boca abajo, en las antípodas de sí mismo y encima de un caballo, mejor que mejor. Incluso había imaginado concienzudamente a este álter ego enorme y argentino y hasta le había puesto un nombre, Ramón Alaya. El apellido provenía, aunque ligeramente alterado, por precauciones legales, del abogado que le descuartizó en su divorcio sin dejar de sonreír en ningún momento. Un tipo petulante y encantador. A su jugador de polo le había otorgado una fuerza, una fiereza y un carisma terrenal que asustaban. No era, como suelen ser todos los jugadores de polo, hijo de los privilegios, sino hijo de su propia firmeza y su inequívoco talento. Este Ramón de las antípodas era por lo demás un tipo luminoso, dicharachero, honesto, compañero fiel y amante perfecto. No había mujer desde Punta del Este a los Hamptons que no suspirara por él, y él en cambio, pudiendo sacar pecho, porque tenía un pecho impresionante y unos abdominales de plata bruñida, se mostraba, al contrario, cariñoso y dulce con todas las criaturas pequeñas. Desde que había decidido ser, en otra vida, este magnífico ejemplar de jugador de polo, la vida de Sebastián se había vuelto aún, si cabe, más miserable, pero siendo como era Ramón Alaya un producto de su imaginación, confiaba terriblemente en él y hasta se habían hecho buenos amigos.

Y sin embargo, no encontraba en él, ni en sus espectaculares galopadas, el menor consuelo. Al fin y al cabo, Sebastián no iba a volver a nacer y lo sabía, y aunque naciera mil veces, en nada conseguiría desviar ni un centímetro su propia naturaleza. Sebastián, por más que tratase de eludirlo, se sentía tan condenado como cualquiera a no ser más de lo que era.

De su alma hay poco que decir, más allá de la evidencia de que está, a día de hoy, apagada. Y sin embargo no del todo discapacitada para la arrogancia, pues cada mañana, tal vez cada hora del día, Sebastián es capaz de imaginar alguna clase de victoria, por más que sea incapaz de consumarla. Nada en él se ha acomodado a su precaria situación, y lo que para otros puede ser perfectamente una vida, para Sebastián no representa sino un exilio. En su cabeza caminan ejércitos, y aún puede imaginar a sus enemigos asustados. Como ese último segundo de todos los tiranos en el que no queda más remedio que matar a los mensajeros que insisten en traer noticias de la derrota, Sebastián se mantiene firme en su escondite sujetando en una mano las cápsulas de cianuro y en la otra los mapas de la victoria final. Siente, y lo siente en los huesos, que pertenece a ese otro lado de la cortina, que su alma no es del color del alma de los fracasados. Sus pies, por las mañanas, se niegan aún a tocar el suelo del lunes de los muertos. De ahí que a menudo no salude a su portera. Y sin embargo su vida en sociedad, con la que tan resueltamente se había manejado en otro tiempo, se resentía ahora profundamente de una total falta de interés por los asuntos de los demás y, por qué no decirlo, también por los propios.

Si no quería estar en la sala de baile de la Embajada suiza, no era porque considerase su tiempo importante y el de los demás, por así decirlo, intrascendente, sino porque consideraba cualquier forma de vida, desde las amebas hasta los pianistas de hotel, pasando por un buen montón de ministros de Cultura, embajadores, terroristas, pordioseros y estrellas de cine, rigurosamente inútil. La suya también, qué duda cabe. Y no es que Sebastián no fuese tan capaz de vivir como cualquiera, es que esperaba de su vida tales disparates, glorias tan altas, que en la vida de los demás sólo podía manejarse con una tristísima falta de entusiasmo, y en esa diferencia de intensidad encontraba razones suficientes para la derrota y se derrumbaba con sólo pensarlo. No es que se considerase incapaz de levantar una torre vulgar, es que no comprendía el sentido último de tal construcción. No le importaba en absoluto que se le llenasen los planos de lágrimas, si con eso se ahorraba el esfuerzo de levantar más torres innecesarias.

El pasado, con el que pretendía convivir a su manera, había construido, mientras tanto y poco a poco, sus propios muros, su innegable presencia, y de su libertad ya no quedaba nada. Envejecer debe de ser esto, pensaba Sebastián, vivir ya para siempre contra las construcciones del pasado. Y llegados hasta aquí, poco da que sea la Embajada suiza o las cárceles de Guantánamo, porque no hay ya lugar para la intuición, ni tiene sentido suponer lo que ya se sabe. Digamos que Alicia, la de Carroll, no su ex mujer, que también es una mala coincidencia, vuelve por segunda vez al otro lado del espejo, y todas sus sorpresas se convierten en rutina, y todo lo que era acción se convierte de pronto en recuerdo. ¿Quién no querría bajarse de esa noria?

Tampoco se puede decir que Sebastián fuera excepcional, si es que tal cosa existe, pero en la presunción de que existiera, desde luego él no se consideraba uno de los elegidos. Es más, su presencia podría muy bien pasar, como mucho, por elegantemente insignificante. El hecho de que él considerase su elegante insignificancia un triunfo elegante no hace sino confirmar la fe con la que había levantado Sebastián cada una de sus incapacidades. Al fin y al cabo un hombre que desprecia el mundo, así en general, sin darse cuenta de que en ese desprecio también se entierra a sí mismo, no merece mayor compasión. Hay que decir, en defensa de Sebastián, que él era muy consciente de la posición que había adoptado, y que desde esa posición no rogaba, ni mucho menos exigía, compasión alguna.

La verdad se le escapaba. Se le escapaba por completo. Y no dejaba de asombrarle la capacidad que tenían algunas personas para sujetar la verdad por el cuello. Su contable, sin ir más lejos, tenía la verdad cogida por el mango y no le resultaba difícil darles vueltas a las tortillas reales de las cosas con pasmosa habilidad. Para cada momento de incertidumbre tenía a mano un dato preciso, una cifra, una fecha y una cantidad exacta de certezas. Asombroso, teniendo en cuenta que él apenas era capaz de recordar dónde había nacido. Nunca debería un hombre traicionar a su contable, porque a pesar de la pasión que el contable crea tener por otras causas más nobles, lo que afilará sin duda, el contable, si es que se le enfrenta al dolor y a la ruina, será su capacidad para exigir en tiempo real balances exactos del pasado, y una vez restados todos los besos y los martinis, y esas miradas eternas después traicionadas, y una vez llegados hasta aquí, una vez roto el corazón de las causas hermosas, no tendrá uno nunca más enfrentamientos poéticos con su contable, sino una eterna confrontación de cifras y medidas, y milímetros de felicidad robada que sin duda se han de pagar. Y cómo escapar, si todo lo que fue, en su día y sin dudarlo, hermoso, se destruyó después, negando así no sólo el futuro sino también el pasado. Todo hombre inteligente, y Sebastián lo era a pesar de todo, es a su vez su propio contable, y la traición entre estos dos sujetos se vuelve un asunto insoportable.

Claro que él no amaba en realidad a su contable, sino a Mónica.

Y ahora vuelve a hablar de amor, como si no tuviera problemas más urgentes. Los tenía. Toda su vida se derrumbaba. No cuidaba a sus hijas lo suficiente, pero mejor no mencionar este asunto, porque le duele tanto que no quiere hablar de ello. De sus hijas no soltará prenda. No puede hacer nada bien, no acierta en nada. ¡Si algunos días ni se levanta de la cama! Es un decir, porque levantarse se levanta todos los días muy temprano, pero no se sabe muy bien para qué. Su aspecto empeora. No queda ni rastro de lo que fue y tampoco fue gran cosa para empezar. Pero es tan agradable, piensan las muchachas cuando se anima a salir de conquista. Muchas quieren cuidar de él. Se ha convertido en esa clase de hombre. ¡No puede soportarlo! La gente se reía a sus espaldas, con razón. Sebastián lo sabía y callaba y bajaba la cabeza y se refugiaba en bares vulgares, donde, estaba seguro, nadie podría encontrarle. Hablaba con desconocidos. Se sentía bien sin ser exigido. Enseguida hizo amigos. La gente le contaba sus problemas, y él, entre desconocidos, callaba los suyos. Sólo a sus más íntimos amigos se atrevía a amargarles con sus penas. Entre desconocidos no le costaba parecer mejor de lo que era. Escuchaba con atención, se apesadumbraba, fingía preocuparse de veras por esas miserables desgracias que en nada eran comparables a la suya. Se le tenía por un hombre compasivo y delicado. Menuda broma. En cuanto tenía la más mínima oportunidad se largaba con cualquier excusa para no escuchar más. Y volvía con lo suyo.

¿Y qué es lo suyo? Nada digno de mención. Un hombre enamorado y alegre, o por tal se tenía, que de pronto se convierte en un hombre enamorado y triste. ¡Menudo drama! Y sin embargo no hay para Sebastián drama más grande.

No es capaz de encontrar el momento exacto, pero lo cierto es que todo lo que dibujó con exquisito cuidado se emborronó de pronto, y ahora, por más que se prometa dulces sueños cada noche, duerme siempre mal, y se levanta de la cama muy temprano y de muy mal humor, convertido ya en el soldado de un ejército enemigo. Y jura otra bandera, y al sonido de esa otra corneta, el pasado se convierte en un futuro en llamas.

No puede negar Sebastián, y será el último en hacerlo, que la derrota final es cosa suya, y sólo suya, y esa culpa le crece en la piel como una sarna devastadora, y, asumiendo la necesidad y hasta la lógica de tal y tan molesta enfermedad, no pide perdón, ni clemencia, y se agota, sin más, ante la violencia de sus actos. Igual que Satán, que hasta ese día había mostrado gran confianza en sus armas, se derrumbó frente a la progenie luminosa de Serafín y, confundido ante el poder de la espada de Miguel, entregó sus tropas de una vez, Sebastián, en su pequeña batalla, también había caído. Sin acusar a nadie ni olvidar nada. Y si guarda todavía y tan cautelosamente sus rencores, es para poder morder, de cuando en cuando, a sus miedos. Lo cual ya no es ni excusa ni razón, ni sirve de nada.

Afortunadamente, en esta vida, en esa vida, de uno y otro lado del espejo, a la que Sebastián ya no pertenecía, quien tiene una razón no tiene una excusa, y viceversa. Así que él dejaba que le comieran las ratas como quien sabe ya que no es dueño de la cueva, y que todo le ha sido arrebatado, o para no buscar culpables, que ha renunciado, en realidad, a casi todo.

Sebastián no era gran cosa, ya se ha dicho, aunque, eso sí, era bilingüe y a veces se entretenía corrigiendo traducciones ajenas. Traducciones de poesía que no le parecían acertadas y que le irritaban. Ahora estaba con Blake, después de haber dejado a Milton por imposible, y a su manera de entender, estaba haciendo un buen trabajo.

Por más que no hiciera nada con ellas, estas correcciones ocupaban con frecuencia la mayor parte de su tiempo. No pretendía enmendarle la plana a nadie, y sabía que no hay oficio más exigente y peor pagado que el de traductor, pero no podía dejar pasar una mejora si descubría la causa del problema. Corregía sin cesar lo que otros hacían, pero no presentaba el resultado de su esfuerzo, ni tenía interés en demostrar que su pericia era mayor que la de nadie, le bastaba con saber que algo escondía una solución mejor, y que él, precisamente él, la había encontrado. No era su orgullo, en cualquier caso, el que buscaba levantar, sino el orgullo del poema. Tampoco le sobraba paciencia para soportar la torpeza y, en general, podía ser tan cruel como cualquiera, y éste era un descubrimiento reciente que le asustaba, pues siempre había supuesto en él una bondad que seguramente no tenía. Era capaz, y lo había demostrado, de ser cruel sin necesidad, o al menos muy por encima de lo exigido por una necesidad real. De hecho no se le conocían necesidades reales, pues todas sus necesidades eran imaginarias y tal vez de ahí su permanente insatisfacción y sus exigencias imposibles, y tal vez, el motivo último de su crueldad.

Había sido guapo en otro tiempo, pero nunca supo muy bien qué hacer con eso, y del daño causado se sentía sólo en parte responsable, pero del todo culpable.

Estaba tan roto por la vida como cualquiera que hubiese tenido, al menos por un instante, el coraje de vivir. Había amado, como todos, y había hecho tanto mal no merecido como todos, había prometido cosas que no podía cumplir, pero había prometido, y esto debería ser tenido en cuenta, cosas que quería cumplir y que hubiese deseado haber cumplido. Si no era más de lo que era, no era del todo culpa suya. A pesar de tener una inteligencia capacitada para el cinismo, y ser el dueño de unos pies ligeros y muy adecuados para ese claqué encantador, ese ruido diminuto que genera la elegante ausencia de verdades, Sebastián casi nunca mentía y, despreciando sus propios intereses, había decidido perseverar no en sus virtudes, pues ésas las daba para siempre por muertas, sino en sus defectos. De su tenacidad no se podía dudar, de su crueldad, ya está dicho, tampoco, y de su buena fe, pues al fin y al cabo la tenía, nadie dudaba más que él mismo. ¡Dónde está el dios de los que dudan, cuando los que dudan lo necesitan!

Sebastián subía y bajaba su corazón según la marea de las cosas sólo para que su corazón no se ahogase. No era ni mejor ni peor que ninguno, pues todos tienen derecho a poner su corazón sobre las rocas más altas cuando se ve venir la tormenta. Su maldición no era exactamente la maldad, su maldición era el compromiso. Ya no juzgaba a nadie y sólo se reconocía a sí mismo, y después de la derrota de los días, apenas le quedaba una esperanza, era un hombre incapaz de casi cualquier cosa, pero dispuesto a seguir enamorado, aunque seguramente no a enamorarse de nuevo.

¿Qué clase de tipo era este Sebastián entonces? Difícil de decir. Pues llamaba siempre la atención un poco y se diluía al mismo tiempo con la pedantería del mercurio, que está siempre a punto de desaparecer pero no desaparece nunca del todo.

Supongamos que lo encontramos en cualquier sitio, supongamos, por ejemplo, que nos damos de bruces con Sebastián en la sala de baile de la Embajada suiza. Supongamos, por un momento, que no nos impresiona en absoluto, que no es más que un hombre pequeño, con una personalidad extraña, y que a pesar de no interesar a nadie lo más mínimo, resulta, en la distancia y con el tiempo, fascinante, pero no fascinante de una manera irrenunciable, sino fascinante a falta de una ocupación mejor. Supongamos también que el tiempo que le damos, que le regalamos en realidad, a este individuo, a este hombre atribulado y coqueto y rencoroso pero hombre al fin y al cabo, no es muy largo. Aun y así, le demos mucho o poco tiempo, tampoco depende este hombre, ni cualquiera, de nuestra generosidad, ni de nuestra capacidad de observación, ni debe ser más ni menos porque nos entretengamos más o menos en él, o nos distraigamos con cosas más importantes. También Alicia crecía y encogía, al capricho de un mundo inconstante y absurdo, y sobre todo al capricho de sus propios caprichos. Pero el tamaño de Alicia no acaba de determinar el tamaño del mundo, de la misma manera que el tamaño de Gulliver no decidía el tamaño de los gigantes o los enanos.

Y si no se han dado cuenta esos impacientes observadores teóricos de que ni Carroll ni Swift hablaban de otra cosa que de las brutales contorsiones del ego, no es culpa desde luego de Sebastián. Sebastián, como cualquiera, no puede vivir sólo de nuestro interés, ni puede ajustarse al tamaño que le otorgamos, y sin embargo a su manera no reclama otra cosa, pues intuye que es en el interés ajeno donde se vive. Nada era más hermoso a los ojos de Sebastián que el mundo de los demás. Un mundo que le excluía pero al que él deseaba pertenecer con todas sus pocas fuerzas. De ahí que se mostrase tan atento con la vida de los otros y tan estúpidamente coqueto como el resto de los gatos.

Así las cosas, habría que decidir qué le damos a Sebastián. Si la muchísima atención que reclama, o la poquísima atención que merece.

Y cuidado con la decisión que tomemos porque puede ser una trampa.

Supongamos que a Sebastián no le damos más que un segundo. Pues en ese segundo, Sebastián llegará sin duda al máximo de sus escasas capacidades. Precisamente de ese tiempo hará Sebastián su reino, de la misma manera que el conejo blanco se hacía en un segundo de distracción con el camino de Alicia.

Alicia la de Carroll, no su ex mujer, se entiende.

Tampoco se tarda mucho más en caer de un trampolín, y quien haya asistido con un mínimo de entusiasmo a los campeonatos mundiales de natación sabrá que en esos segundos que separan el salto del agua se juega también, y por qué no, la vida entera.

Sebastián está, por así decirlo, en el aire, y de la elegancia de su zambullida, de esa última postura, dependerá en gran medida su futuro. Con este segundo en la sala de baile construirá Sebastián su pequeña historia. Y después, cabe imaginar que su historia se habrá terminado. Pero no conviene olvidar que fuera de la ficción también hay conejos, y que estos conejos son crueles, y tienen prisa.

De vuelta a la sala de baile de la Embajada suiza lo primero que sorprende, o tal vez tan sólo inquieta, es ver a este hombre tan incómodamente desplazado. Bien es cierto que su asistencia a esta fiesta respondía para empezar a una impostura.

Se supone que Sebastián tiene toda la intención de asistir en Berna a un congreso alrededor de la figura de Robert Walser que, bajo el título genérico de *Derrota y Literatura,* reúne a algunos distinguidos escritores entresacados de la crema literaria internacional (o al menos así se lo vendieron, con esa cursilísima expresión), y se supone que Sebastián leerá allí una falsamente humilde conferencia sobre el desastre como tema capital de la literatura centroeuropea. Pero lo cierto, y es una ironía tan evidente que resulta vulgar, es que no ha conseguido escribir ni una línea, a pesar de haber tomado cientos de notas estériles, y que, secretamente, ya ha renunciado a esa conferencia, a ese congreso y a ese viaje.

Está claro que no asistir es la mejor muestra de derrota que podría presentar, un ridículo triunfo que apuntarse, pero no está seguro de que a la buena gente que ha corrido ya con los gastos del traslado y la reserva de hoteles, y la edición del programa, le haga gracia la broma. Y lo cierto es que no hay broma ninguna, porque Sebastián es, en verdad, un hombre derrotado, y su reflejo, que en otro tiempo, y basta ya de negarlo, le produjo una extraña fascinación, aunque no como para llegar a besarlo en ningún caso, ahora también le excluye.

No hay lugar para mí, piensa Sebastián, pero no con la altivez de los desterrados, sino con la tristeza de quien comprende que no es en realidad merecedor de un lugar propio. También es consciente, porque no es tonto del todo, de que la superioridad insensata que mostró en otro tiempo a la hora de despreciar el lugar de los demás le está pasando factura. Cuando por fin se ha dado cuenta de que el lugar de los demás era también el suyo, los demás ya se han ido, si no en la realidad, sí al menos en el territorio de sus sueños. Su incapacidad para conseguir ahora ingresar de nuevo en el agitado magma de las cosas reales, tiene mucho que ver con su incapacidad para merecerlo o desearlo. No es que Sebastián se niegue nada, es que ha conseguido ignorarlo todo. Ni es inocente ni logra, como logran otros y a la ligera, reinventar su inocencia, pues carece por completo de la energía o la fe suficientes para poblar ese bosque de culpables que nos salva del fuego.

A Sebastián se le escapa eso que en los juicios de las películas llaman una duda razonable, y se niega por tanto no ya el perdón, sino la propia defensa.

Y lo peor del asunto es que negándose siquiera la posibilidad de alzar un poquito al menos la voz a su favor, se está haciendo un traje de pino con el que ser enterrado, y lejos de tener por sí mismo la más humilde de las penas, sonríe de oreja a oreja a la menor ocasión, por más que esa sonrisa se convierta enseguida en una mueca y luego en un tajo que le atraviesa de lado a lado el corazón. Su derrota, en suma, es tan arrogante como fue en su día su victoria, y él lo sabe, y al saberlo, qué duda cabe, se multiplica su condena.

Tampoco son todo malas noticias, y no conviene ignorar la destreza de Sebastián, ni su innegable capacidad para manejarse en las peores circunstancias con insensato optimismo. Apartando todo aquello que le vence para encontrar aquello que le consuela.

Le queda sólo un buen traje, pero aún puede engañar a alguna muchacha, y como es más listo que el hambre y está más delgado que nunca y conserva casi todo su pelo, se siente a veces capaz de salir a la calle a fingir que se apasiona, y que convence, y que luce y que crece y que tiene y que da, y que galopa por la pampa. Aunque sabe y lo sabe porque le duele, y más cada vez, que tendrá después que correr a esconderse, como se esconden los fantasmas cuando la luz del día los expulsa por fin, y con toda justicia, del miedo de los niños.

La sala de baile de la Embajada suiza es su última morada, y es, como no podría ser de otra forma, una morada que le es extraña, a la que no pertenece por decisión propia, y por más que ahora quiera ser de una vez el hombre que baila, condenado como está a ser el hombre que mira, no encuentra ya ningún consuelo. También es cierto que se dejó encandilar, como tantos otros, por la engañosa armonía de la derrota, por el encanto y el olor de esas flores que se marchitan hermosas en la imaginación pero que se pudren siniestras en las manos.

La sala de baile II

Las paredes cubiertas de espejos, que se doblan y se enfrentan y le multiplican y lo multiplican todo hasta alcanzar una cifra imposible, le habían obligado a arrinconarse en la única esquinita de la sala de baile que no ofrecía más que un solo reflejo. Y ése también le sobraba. Y es que Sebastián, desde niño, estuviera donde estuviera se imaginaba siempre en un lugar distinto, que no mejor. Su madre se lo decía a menudo, no estás a lo que estás, pero él silbaba y se hacía el listo, y ahora ya era tarde.

Sería complicado resumir, en cualquier caso, las causas de su desastre y por eso, con frecuencia, Sebastián prefiere dejar que Ramón Alaya, su hermoso álter ego, galope por él, aunque sea boca abajo, en un lugar muy remoto de su imaginación. Lo que más le gusta de su formidable jugador de polo argentino e inventado es que le cae rematadamente bien, y no le provoca la más mínima envidia. Después de todo, es el hombre que él quisiera ser y cuenta por lo tanto con sus bendiciones, y estaría muy feliz de ver a todas sus mujeres compartiendo martinis con él, y noches de amor junto a los sauces, porque este Ramón, que es generoso y hermoso, que tiene cuerpo y mandíbula, que no está más que a lo que está, y que no deja que la cabeza le pare los pies, es en el fondo un tipo más que recomendable. Alegre cuando hay que estarlo y triste si es que hace falta. En fin, un muchacho cabal, y buen jinete, muy adecuado para actividades de campo, y todo eso que se hace *outdoors,* para lo que el propio Sebastián se siente tan incapaz. No es un poeta, el tal Ramón, qué duda cabe, pero tampoco se puede tener todo. Ni falta que hace.

Sebastián se sentía protegido, a su manera, por Ramón, porque eran grandes amigos, y hablaban de todo y de nada en realidad. Pero se tenían un sincero cariño, y de lo que Ramón dudaba, Sebastián sabía y viceversa.

El único pero es que Ramón Alaya, jugador de polo argentino, celebridad en las páginas de Sociedad, perfecto compañero de viaje, fuera cual fuera el destino, tan amable con los niños como sólido con las mujeres, no existía en realidad, y por eso, con frecuencia, Sebastián estaba solo.

Tampoco es que pudiera culpar a nadie de su soledad, porque todos sus fracasos estaban firmados de su puño y letra. Lo cual venía a decir que la soledad de Sebastián era sólo culpa suya. Por más que él viese el abandono con el que castigó, pateó, en sentido figurado, y casi destruyó su vida (y si no la destruyó no fue por falta de ganas), consecuencia directa del abandono al que la realidad le sometió a él con anterioridad, no encontraba en ello el menor consuelo. Todos los papeles que pensaba presentar en su defensa se le caían ya de las manos y no tenía mucho sentido agacharse a recogerlos. Y nadie, y esto también hay que decirlo, veía las cosas a su manera, con lo cual había llegado a la conclusión de que las cosas, tal y como él las veía, no existían. Su investigación sobre el crimen cometido se había limitado al alcance de sus fuerzas sentimentales, que, como se demostró, eran muy pocas, y de sus matemáticas de la emoción, y así las había llamado en su día, aunque ahora se sonrojase por ello, ya no quedaba nada, pues uno cuenta los números hasta que se le cierran los ojos, y después el cansancio hace inútil cualquier consideración. Sebastián ya no podía perseguir una victoria en una guerra ya del todo terminada y tampoco tenía la indecencia de proponer ni prolongar más su modelo y había decidido aceptar que tal vez todos, quienesquiera que fuesen, tenían razón, y todos, en su cálculo exacto de las consecuencias y en su absoluta ignorancia de las condiciones previas, podían establecer sin ninguna duda un juicio muy razonable sobre el naufragio, aunque no estuviesen por la labor de auxiliar a los náufragos, de la misma manera que un forense puede certificar la muerte, por más que sea incapaz de justificar la vida.

Del dolor de los demás era al fin y al cabo culpable, y en su dolor no era del todo inocente, o peor aún, o así se le había dicho, en absoluto inocente, y llegados a este punto, Sebastián se había derrumbado, y abrazando su derrota, construida por él mismo y al parecer sólo por él mismo, había vislumbrado un atisbo de vida. Y curiosamente había conseguido, también, dormir un poquito mejor desde entonces.

Ya no ignoraba su delito, ni ignoraba el hecho de que su delito no era otro que el de no haber sido capaz de amar lo suficiente. Para ello había encontrado, y quién no, un millón de excusas, pero nadie, y menos que nadie el propio Sebastián, se atrevería a levantarlas frente a un jurado, ni mucho menos a elevarlas a la categoría de pruebas. Aquel que no es capaz de amar lo suficiente es siempre el único culpable.

Las razones de Sebastián, y qué duda cabe de que las tenía, eran todas, al final, de naturaleza simbólica, es decir ficticia, y en absoluto podían pasearse orgullosas ante la naturaleza real y obligatoria de los hechos. Y si él había exagerado la carga simbólica de sus motivos, éstos se habían visto posteriormente reducidos, ridiculizados si cabe, ante el peso definitivo de enormes razones morales, contractuales, de argumentos útiles y objetivos para los que las arbitrarias causas de los sentimientos no eran nada. Y así su ejército, que fue grande y devastador en su día, había sido diezmado por el cuerpo a cuerpo musculoso de las cosas, como esos insensatos polacos que enfrentaron sus lanzas y sus caballos contra los tanques alemanes.

Sebastián había aprendido algo de todo esto, algo que le sería de gran utilidad el día de mañana, si es que ese día llegaba; la vida real se impone siempre sobre todas y cada una de las malvadas y hermosas ensoñaciones. Y la maldad, justificada o no, argumentada o no, siempre se pierde en la ciénaga de su propia fealdad. Y toda justicia injustificable es al fin y al cabo una forma de maldad, por más que los pájaros del corazón canten justo lo contrario.

Qué feliz había sido al descubrir este pequeño secreto, cuánta paz le había dado, por un segundo al menos. Tan capaz como era de sentir alegrías y se estaba condenando sin motivo a un millón de tristezas. Seguramente no era malvado del todo, como sólo los malvados del todo pueden serlo, pero al pensar esto mismo descubría la punta del iceberg de su maldad, y se asustaba de lo que pudiera haber debajo, y así, día tras día, se iba recluyendo en una cárcel muy pequeña en la que su maldad ya no le hiciera daño a nadie.

Suponer la bondad es también una forma de arrogancia inaceptable y Sebastián no se atrevía ya a someterse a más castigos. Prefería pagar sus culpas en una celda a aventurarse a que su bestia se comiese más ovejas, porque toda la inocencia que le rodeaba le señalaba como culpable y si no podía, o no quería discutir el veredicto, más le valía aceptar la condena. Cualquier tratado de paz, aunque se llame derrota, es preferible a una guerra que ya no se puede ganar.

Sebastián quería que, a pesar de los arranques de rencor, a los que pensaba que aún tenía derecho, nada en su envenenado corazón fuese jamás considerado como un último argumento, porque ya no tenía nada que decir, inmerso en esta ciénaga, ni pelea alguna que librar, y aun y así, si su corazón quería decir, aquí estoy y existo o al menos existía y estuve allí, él no era quién para negárselo, pues todos los condenados tienen derecho a una última voluntad, que por insignificante que sea no debe ser ignorada. No estoy pidiendo clemencia, se decía, pues aún no estoy convencido de los cargos, a pesar de que éstos ya se hayan probado, estoy pidiendo la dignidad de rogar, en silencio, un segundo de paz para mí, sin que esto ofenda ya a ninguno de los que sujetan las varas de medir. Sin molestar a quienes construyen y reconstruyen las razones primitivas de las cosas y sus últimas consecuencias.

Sólo pretendo, soñaba Sebastián que decía, porque en realidad no decía nada, que todas las opciones, todos los daños, todas las ofensas, se eleven y digan su nombre y que no se queden solas mis miserias, en esa cuenta final de las miserias. Porque no todo tiene una solución exacta, ni todo es venganza o justicia, y algunas heridas merecen también su nombre. Sea quien sea el que las oculte bajo Dios sabe qué armaduras. Una cosa estaba clara, en su lucha contra la tiranía de la realidad (y eso incluía el amor real, el saldo real de todas las cuentas, los concesionarios de automóviles, las sombrillas y el resto de las cosas que había despreciado sin comprenderlas), Sebastián había sido derrotado. Y su excusa de que todas esas cosas reales y comunes precisaban de la luz de lo extraordinario para ser siquiera vislumbradas no se sostenía por más tiempo. Una vez demostrada su larga lista de agravios, y despreciados sus argumentos no sin motivo, no le quedaba más que recoger su portafolio y retirarse para siempre del juzgado. Su papel como abogado del diablo había terminado, y de su ineptitud se burlaría sin duda cualquier joven letrado de pueblo, y de su incapacidad para amar como es debido ya se burlaría él mismo, en los brazos de la próxima mujer que se burlase de él.

La sala de baile III

El agregado cultural de la Embajada suiza le dio entonces una palmada en la espalda, y sacudido por un instante fuera de sus elucubraciones, Sebastián se puso a buscar una de esas antiguas sonrisas de fiesta que tan bien le habían funcionado en el pasado. Se puede ignorar a una portera quisquillosa y ruin cada mañana, pero no se puede ignorar a un agregado cultural por muy ruin y quisquilloso que sea.

—Qué ilusión nos proporciona que viene a nuestro congreso en Berna —dijo el agregado sujetando a duras penas su vasito de ponche.

—Más ilusión nos proporciona a mí —respondió Sebastián, tratando de no desentonar con el atípico castellano del agregado.

—Me interesa a todos su posición sobre el pobre Walser.

—Nos consta que no le defraudan mis conclusiones.

—¿Algún adelantado?...

—Como adelantado puedo decirle que considero a Walser el más cabal de los hombres y el mejor de los jinetes.

—No sabía que montaban.

—Montaban mucho y bien, a caballo, y el viento le despeinaba las crines a él, y le volaba el sombrero a su caballo.

—Qué interesante no estar en la conferencia, mis obligaciones nos lo impiden.

—Qué interesante que no vengan todos ustedes —dijo Sebastián, para después extender su mano y alejarse discretamente. Girándose, eso sí, al menos tres veces para reiterar su agradecimiento con esas inclinaciones que tanto le gustaban desde que aprendió a hacerlas con verdadera propiedad en sus viajes a Tokio.

Mientras tanto Mónica bailaba. Y Sebastián soñaba con desmayarse como otros sueñan con un deportivo descapotable o una maleta llena de billetes. Hay que reconocer que él tenía una disposición romántica para el desmayo y que en el desmayo, encontraba siempre la excusa perfecta para pensar en la muerte. Llegó, en cualquier caso, hasta la sala de baile en muy mal estado, como quien vuelve de un país devastado por alguna catástrofe natural, y en su aspecto se podían leer claramente dos cosas: no era rico y no era feliz.

Y eso era parte de su encanto, o al menos del encanto que él pensaba que tenía. Qué duda cabe de que le hubiera gustado tener muchos encantos más, y no precisamente ésos, pero en su pequeña batalla le valía cualquier pequeña victoria.

La sala de baile de la Embajada suiza no era el lugar exacto en el que Sebastián querría estar, y desde luego no era el lugar en el que Sebastián hubiese querido morir, pero lo cierto es que allí estaba, y lo cierto es que se estaba muriendo.

A menudo, entrando en lugares así, salas de baile, fiestas mundanas, distintas actividades de esa sociedad que él frecuentaba y a la que en absoluto pertenecía, se imaginaba que esas mujeres que despertaban su interés también se animaban un segundo gracias al interés que él aún era capaz de despertar y demostrar.

Es especial, se imaginaba que decían ellas... Tiene cierta arrogancia herida, como un soldado que fue valiente en otra batalla y que casi lo paga con la vida.

Éstas eran las tonterías que le mantenían al tiempo en otro mundo y en éste, cosas todas imaginadas, aun cuando pudieran ser posibles. Sus heridas, si las tenía, estaban muy bien cosidas, y eran, casi todas, caprichosas, y sometidas a su capricho y a su voluntad de lucirlas como medallas, en definitiva heridas más propias de su arrogancia que de su mala suerte, más cercanas a su maldad que a la maldad de los demás, y sin embargo, él se complacía al verse a menudo a sí mismo como un tullido, no del todo responsable de su cojera, y en ocasiones, si era capaz de beber lo suficiente, como un mártir. Un héroe de una guerra anterior e indemostrable.

¿No había asientos reservados en los trenes para gente así?, por qué no habría la vida de dejarle un sitio. Sebastián conocía esos casos, que conocemos todos, en los que después de una catástrofe ferroviaria, un accidente aéreo, un atentado o un terremoto, pequeños suicidas cobardes se apuntan voluntariamente a la lista de muertos o desaparecidos, y podía entender perfectamente que alguien quisiera abandonar su vida, sin perderla del todo. Lo que no tenía era la disposición, el entusiasmo ni el coraje de construir una mentira. Si Sebastián hubiese tenido una máquina de falsificar moneda, hubiese sido incapaz, en cualquier caso, de cargar con los botes de tinta, de cortar el papel con la

guillotina, de mirar al trasluz el resultado de su engaño. Carecía, por así decirlo, del valor y la energía de los
mentirosos. Su delicada condición, pues él pensaba
que a pesar de todo su enfermedad era real, le llegaba,
y muy justitas las fuerzas, para sentarse en los asientos
reservados para los tullidos, y poco más.

Y sin embargo, Sebastián estaba empezando a
cansarse de estar sentado todo el día sin hacer nada,
de mirar a las mujeres que podrían ser suyas bailar con
otros, estaba cansado también de la fortaleza de sus renuncias, y de no tener nada que hacer, aparte de cuidar de una pena infinita como quien cuida de un co-
fre vacío.

Un par de veces había intentado moverse, ocupar una posición libre, efectiva o no, en un tablero
imaginario, pero su férrea voluntad se lo impedía.
Igual que hay héroes de acción, hay gente como Sebastián que ve en la inacción un destello de heroicidad.
A pesar de lo cual consideraba, en su cabeza, una cabeza que ya no le servía ni para llevar sombrero, que todo
lo que no hacía era inútil, y no despreciaba en absoluto la suma de empeños que le rodeaba y le desbordaba.
No era Sebastián, y conviene decirlo, tan arrogante
como para presumir de su posición, simplemente se
negaba a abandonarla. Como quien defiende en una
guerra una atalaya de cuya importancia estratégica lo
ignora todo, Sebastián defendía su sitio, sin saber si
ceder era perder o si por el contrario cualquier clase de
derrota, una vez tenía claro que defendía una fortaleza
insensata, no sería en realidad una forma de victoria.

Pero también se aburría con estas cosas, como es
de imaginar, y aspiraba a saltar entre las flores, y a per-

seguir lo que sea que se persigue cuando se persigue algo. Si un conejo es capaz de sacar un reloj de su chaleco, ¿por qué no iba a tener Sebastián tanta prisa como cualquiera?

Si en los valles de Wessex crecían los lirios y con la llegada del otoño se animaban los paisanos alrededor de hogueras legendarias (verdaderos hijos de la tierra que hablaban siempre mal de los extranjeros mientras mantenían vivas las llamas de toda curiosidad, toda incertidumbre y todo deseo), y si vestían las muchachas vestidos de encaje rematados por el amor de sus madres y abuelas (que soñaban así, otra vez y con idéntico tesón, los sueños que ya habían soñado), si a las muchachas las animaba la ilusión de otras muchachas, y la ilusión aún no derrotada de sus madres y abuelas, ¿por qué no habría él de imaginarse como un perfecto caballero, capaz de acercarse al amor, de emborracharse con el vino, de soñar, al menos por un segundo, con las manos, las caricias, los besos, las lágrimas que se imponen a la derrota, precisamente porque la ignoran? ¿Por qué no habría él de imaginarse hasta en las peores circunstancias, capaz o merecedor de cualquier inquietud, fuera cual fuera su tamaño? De ahí seguramente nacía su interés por todas las formulaciones, literarias o no, por todos los comienzos, amorosos o no, por todas esas primeras páginas que leía en las librerías, para luego abandonar los libros en los estantes. Libros a los que inevitablemente volvería alguna vez para descubrir, a escondidas, sus finales. Era la trama, el volumen desmesurado de la trama, lo que superaba sus capacidades. Su don, si es que tenía alguno, y a Sebastián le gustaba pensar que lo tenía, eran los principios y los finales. Jamás consiguió interesarse seriamente por las páginas centrales. Y así, su vida se había ido llenando de epifanías y crucifixiones, sin sermones de la montaña, ni panes ni peces, ni lágrimas de esas que ahogan a una niña que es capaz de reducirse, sin reducir en cambio el tamaño de su llanto. ¡Bendita Alicia!

Y así vivió no poco tiempo, con enorme alegría, dicharachero, ingenioso, rápido, encantador, contundente, mientras su estupidez cegaba sus limitaciones. Y así fue, en ocasiones, muy feliz. Y hasta grande. No grande como algo realmente grande sino como algo pequeño que, en su ignorancia, sublima su verdadero tamaño. Pero a los ojos de los demás, y ésos son los únicos ojos que nos miran, el engaño funcionó, al menos por un tiempo, a las mil maravillas. Sin embargo de todos esos mares que juró cruzar, y que tal vez cruzó, ya no quedaba nada.

Cuando era grande, es decir, cuando se vio grande en el espejo, juró tantas cosas que no podía cumplir...

En los días en que su arrojo superaba con creces, por más que él lo ignorara, sus verdaderas capacidades, pensó honestamente que él había nacido para sujetar la ficción de lo que importa, por encima de las absurdas consignas de la realidad. Pensó que la belleza de las mujeres se sostenía en la belleza de sus nombres. Pensó, por más que ahora se tire de los pelos al recordarlo, que nombrar era tan importante como ser nombrado. No es una excusa, pero lo cierto es que creyó en el nombre de las cosas y puso el corazón en ello. Y mirando a sus hijas por las noches mientras dormían, pensó que si los niños llegasen a conocer la belleza de sus nombres serían más fuertes, y ya no haría ninguna falta protegerlos.

Pero todo lo que había imaginado no existía en realidad, y todas las cosas son reales, precisamente, en la ignorancia de su nombre. Y su labor, a la que se dedicaba con entrega absoluta, le resultaba ahora no sólo inútil sino insoportablemente presuntuosa.

Ahora ya dudaba, como dijimos, incluso de su buena fe. Y sin embargo, sujeto a las razones de los demás, que por fin coincidían con las suyas, pues no tenía sentido seguir tratando de negar las razones verdaderas de lo que era real sin necesidad de ser nombrado, no se sentía del todo despojado de razón. Simplemente había decidido dejar de remar, aun a sabiendas de que no se puede dejar de remar para siempre.

Al fin y al cabo, tampoco puede un hombre conformarse con ser un fantasma, ni siquiera los fantasmas se conforman con eso.

Esa misma tarde, antes del baile, mientras planchaba su último traje decente, un Paul Smith de seda gris, y trataba de evitar, sin éxito, que la ceniza del cigarrillo cayese una y otra vez entre la tela y la plancha de vapor, se había reconocido como un fantasma. Una presencia ajena a la realidad cuyo margen de influencia, y su capacidad para incordiar, sobre todo su capacidad para incordiar, no están del todo agotadas. Todos los fantasmas se han dejado algo pendiente, según cuentan los que creen en fantasmas, y él se había dejado pendiente eso que Pavese llamaba el oficio de vivir. Y sin embargo, pues Sebastián no escapaba del todo a la euforia de las cosas reales, planchar le ponía siempre de muy buen humor. Si hasta habló con su hermana, una vez tuvo a bien contestar uno de los diez mensajes que Clara, su hermanita pequeña del alma, le había dejado en los dos últimos días.

No se había vestido aún, porque a Sebastián cualquier tarea por insignificante que fuera le llevaba mucho pensar, cuando decidió tomarse un respiro, fumarse aún otro cigarrillo junto a la ventana y, por fin, llamar a su hermana, en un acto de infinita generosidad (él siempre se vio como un ser infinitamente generoso) que en cambio pensaba cobrar luego de alguna manera.

—Loados sean los dioses —dijo Clara como quien dice hola.

—Lo siento, he estado muy liado.

—¿Liado con el morir y el morirse y el estar triste y tristísimo?

—Te hace todo una gracia enorme, Clarita, y me alegro, pero yo no lo paso tan bien.

—Ya me lo imagino. ¿Cómo están las niñas?

—Bien, las tuve el fin de semana pasado y las llevé al carrusel y al cine y estuvieron adorables aunque Fátima tosía un poco.

—No les fumes en la cara.

—Nunca fumo delante de ellas, ya lo sabes. Cómo estás.

—Como si eso te importara, te he dejado doscientos mensajes.

—Diez.

—Veo que por lo menos los cuentas.

—No estoy para reproches, Clarita.

—Ya, tú nunca estás para nada. Por qué no te vienes al campo, cuidaríamos de ti.

—No, gracias, cada vez que voy a verte engordo.

—¿Y...?

—Quiero morir delgado.

—Eres tan mono, Sebastián, tan tan mono que doy volteretas, pero ya nadie te mira, así que eres tan mono para nada y para nadie.

—Siempre me anima un poco hablar contigo...

—Ya sabes mi opinión, ninguna de las dos eran buenas...

—No es verdad y lo sabes, eran dos chicas estupendas.

—Buenas en general y para otros, pero no para mi hermanito, y a mí sólo me preocupa mi hermanito. Tu problema, querido, es que te imaginas que las mujeres son lo que te imaginas que son y no ves lo que son.

—¿Y qué son?

—Tractores, mi vida, tractores, mira los surcos que dejan. Mientras tú lloras ellas ya le están haciendo llorar a otro. Y hacen bien, y tú tendrías que hacer lo mismo. Por cierto, mamá ha hecho empanada y sabes lo orgullosa que está de su empanada, y quiere que te mande un buen trozo.

—Lo último que necesito es un buen trozo de empanada.

—Pues te jodes, porque te la voy a mandar igual, y luego la tiras o lo que quieras. Mierda, me llora la enana, me vas a llamar, ¿verdad? Necesito que me llames de vez en cuando, no es por ti, es por mí, te echo de menos.

—Te llamo mañana.

—Eres un mentiroso, pero te quiero lo mismo, cuídate, y si al final te matas, haz poco ruido, triste tristísimo mío.

Clara colgó el teléfono y Sebastián se quedó pensando en cuánto quería a su hermana y en lo poco que le servía todo ese amor ahora mismo.

Todas las cosas que eran de verdad importantes para él tenían muy poca influencia en su estado. Y su estado, está claro, era un invento, pero le consumía a las mil maravillas como una peste verdadera. Corría Sebastián a toda prisa por la cubierta de madera, como un hombre que busca el chaleco salvavidas, sin darse cuenta de que el barco no se hunde en realidad, sino que es él quien desea por alguna razón arrojarse al mar.

Cuando estaba vivo tenía todas las necesidades de los vivos, se afeitaba, mantenía relaciones sexuales más o menos satisfactorias, acompañaba a sus amigos en los entierros, acariciaba a sus hijas y a sus perros, incluso a hijos y perros desconocidos, ganaba y gastaba dinero, envidiaba en cierta medida y perdonaba en cierta medida, dormía a pierna suelta cuando conseguía dormir, y hasta sentía por ciertos familiares cercanos y por ciertas obras de arte y hasta por algunas ciudades a las que había asociado sus recuerdos o sus ilusiones una simpatía imprecisa. Después los lobos, poco a poco, se habían ido callando. El proceso que lleva a un hombre a empezar a cavar su propia fosa tiene siempre un comienzo alegre y hasta suele venir acompañado de una canción. Sebastián podía recordar todavía, con asombrosa claridad, la euforia con la que comenzó en su día a separarse de todo aquello que le mantenía esclavizado al mundo de los demás (ésa es la absurda expresión que retumbaba en su cabeza en aquellos momentos de epifanía). Podía recordar, como recuerda un fiscal los elementos del crimen, las razones que le empujaron a partir. Sin dejar de ser consciente (mucho antes de que las ratas abandonaran el barco) de que aquella travesía estaba maldita desde el comienzo, y de que ese suntuoso transatlántico se hundiría sin remedio. Pero contando como contaba entonces con la arrogancia de los fuertes, se imaginó nadando valerosamente hasta la orilla a través de la más negra de las tormentas y muy muy lejos del peor de los naufragios. Tenía, a qué negarlo, tantos sueños como el de al lado, y no muy diferentes. Pero eran sueños imprecisos, sueños de importancia, sueños de una paz imposible de lograr que él solía imaginar con todo lujo de detalles, como quien decora una casa que nunca habitará. Lo real, o lo que él creía real en esos tiempos de arrogancia, se construía también en su imaginación, sin que sus manos llegasen a tocar nada, pero él no se daba cuenta. Incluso cuando caminaba ya por el territorio de sus sueños, y las cosas habían tomado forma, no dejaban de pertenecer al paisaje fantasmal de lo suyo. Con lo cual, pese a su buena disposición y a su natural simpatía, no fue capaz de compartir nunca nada. Encerrado como estaba el presente, en sus ensoñaciones pasadas, nada de lo que tenía le pertenecía y todo se evaporaba ante la insensata luz de todas y cada una de las mañanas.

Si no se había vuelto loco del todo era porque no tenía predisposición alguna para la locura, pero lo cierto es que el tamaño de sus errores de apreciación superaba con mucho su capacidad de enmienda. Y como una serpiente que empieza distraídamente a morderse la cola, sabía que al ritmo que se roía distraídamente los huesos, acabaría devorándose a sí mismo.

La sala de baile IV

La Embajada suiza, plantada sobre un frondoso jardín, era en el fondo tan humilde como los hombres verdaderamente ricos. Sólo los hombres que aspiran a la riqueza se atreven a ser presuntuosos, los que ya la tienen, con frecuencia la esconden.

Así Sebastián entendía que de todo su amor, que él de pronto consideraba tan hermoso como un jardín suizo, nada tenía que contar a nadie. Pues tal vez al saberse la noticia de su amor, como cuando se extiende entre delincuentes la noticia de una riqueza, corría el peligro de serle arrebatado. No es que se negase a hablar de amor, pues ya está claro que no habla de otra cosa, sino que se niega, por prudencia, a hablar de su amor, a mencionar el nombre de su amada, a dejar pistas de su crimen. Todo amor es sin lugar a dudas el asalto a un tesoro que no nos pertenece, y de lo que uno se lleva a escondidas, como un cazador furtivo, es mejor no dar cuentas a nadie.

Con frecuencia hablaba de amor entre mujeres que se reían de él, y cuando las mujeres se ríen del amor es para preocuparse. Con otros hombres apenas sacaba el tema, a no ser que fueran desconocidos y además estuvieran borrachos, y aun así trataba de evitarlo, pues su amor era demasiado hermoso para según qué bares. De su amor hablaba él a solas, y hacía bien, porque tampoco era asunto que importase a todo el mundo, y si algo se le escapaba, y se le escapaba a menudo, se arrepentía profundamente después.

Y sin embargo a veces querría hablar de su amor con toda clase de detalles, pero con quién. Si pudiera hablar de amor, se decía, diría cosas como ésta... Pero entonces se callaba, y de lo que iba a decir nada se sabía.

Si pudiera hablar de amor, no en general, sino del amor que le quemaba, diría sin duda cosas interesantes. Diría por ejemplo que esperar a ser querido por una mujer que no te quiere es uno de los placeres más grandes que este mundo puede regalarnos. Y que vencer la lógica de todas y cada una de las cosas, por amor, no conoce reflejo en el resto de las miserables victorias de lo cotidiano. También es cierto, y conviene decirlo, por no exagerar sus encantos, que una persona que no consume azúcar necesita más amor de lo normal. Y Sebastián, que no probaba, Dios sabe por qué, ni galletas, ni caramelos, ni dulces, ni bollería de ninguna clase y que no le añadía ni una cucharada de azúcar a su negro café de las mañanas, y que despreciaba la fruta, los refrescos y cualquier variedad de postres o chocolates, estaba tan enfermo de amor, tan necesitado de amor, tan tercamente apartado del amor y sus sucedáneos, que es de suponer que su cerebro no regía ya con ninguna claridad y que todo su comportamiento se veía sin duda afectado por sus autoimpuestas carencias.

De su forma de morir no hay que opinar en cambio sino con mucho cuidado, pues no está demostrado aún que unas formas de morir sean mejores que otras, ni merecen, por tanto, menor respeto.

Pero ¡qué tonto que era! Si hasta creía en su petulante ir y venir entre la marea de las cosas que tenía mucho que decir sobre el asunto, sin darse cuenta de que su propia vida le había pasado ya por encima.

Sebastián creía que construía cuando en realidad era construido por las circunstancias, y creía que soñaba lo que en realidad ya vivía. Y empujando poco a poco esta frontera se encontró finalmente en un no lugar, sin poder dejar ya sus propias huellas sobre el suelo que pisaba. Y no es que no fuera capaz de ser feliz, claro que lo era, pero su felicidad se construía con los recuerdos de lo sucedido o imaginando aquello que iba a suceder, y nunca con aquello que precisamente estaba sucediendo. Y su tristeza guardaba con los acontecimientos idéntica distancia. Se diría que Sebastián no tenía manos. Que no era capaz de agarrar lo que tenía delante sino después de haberlo perdido, o antes siquiera de acercarse a las cosas que de verdad le importaban. Era, en suma, un muerto ejemplar y un enterrador perfecto. Nada en él sin embargo hacía sospechar tal cosa, pues tenía cierto dominio de sí mismo y su mirada soñadora prometía cosas, y su dulce ademán se hacía querer. De ahí su éxito con las mujeres, su éxito inicial, porque a la larga no había mujer que soportase sus ausencias, sus fugas constantes, su habilidad para no estar y no ser, en definitiva, uno más entre el mundo de los vivos.

Ahora, en la sala de baile de la Embajada suiza, mirándola bailar, sabiendo, como sabía, que ella muy bien podría haber sido la solución de sus problemas, al menos de sus problemas más urgentes, se daba cuenta de que no era un buen bailarín, y de que nunca lo sería. Se daba cuenta, es más, de que no conseguiría nunca lo que hasta ahora no había conseguido y de que siendo realista, cosa de la que también era incapaz, no quedaría más remedio que abandonar por fin toda esperanza. Una persona que todo lo ve, y que escucha en silencio todos y cada uno de los rumores del mundo y que tiene finalmente la capacidad de no encontrar en sí mismo la respuesta a sus plegarias, está siempre cercada por todos los desastres. Y lo que es peor, de estos desastres no conseguiría, esa persona, sacar siquiera su pequeña ración de lástima, su pan y agua, servidos en el plato de la compasión ajena por una pequeña rendija de la cárcel propia, pues sería evidente para cualquiera, como lo era para él, que las mareas que le ahogaban las había provocado él solo y nadie más que él, moviendo sus estúpidos piececitos, desde la piscina de la infancia hasta este maremoto que había terminado por arrasar su vida entera. La naturaleza de un alma incapaz es, sin lugar a dudas, más dañina que la fuerte sangre de un alma malvada, y está condenada a vivir entre el daño causado. Y Sebastián, incapaz entre los incapaces, no había sembrado sino enfermedades a su paso. Y si durante algún tiempo consiguió vivir con asombrosa eficacia en el disfraz, después de las últimas lluvias, era plenamente consciente de que su disfraz, mal cosido para empezar, se caía hecho jirones, y temía, o sabía, que dentro de poco, en realidad ya mismo, estaría del todo desnudo.

Si a Sebastián alguien le hubiese preguntado quién no quería ser, hubiese contestado sin dudarlo, Sebastián. Y sin embargo se adoraba. Como se adora todo lo que se imagina, pero no se posee. Por supuesto que en esos días particularmente oscuros en los que se encontraba inmerso, que es como decir hundido, en su desgracia, se había sorprendido más de una vez dispuesto a cambiarse por cualquiera. Y quién no ha jugado alguna vez a eso. Hasta Jesucristo deseó por un instante que su nombre sonase por delante del de Barrabás, pero quedó segundo en ese cruel concurso, y primero en la cruz. No hay nadie, con seguridad, caminando hoy sobre la faz de la Tierra que no haya pensado, al menos una vez, que todo el mundo, cualquiera, es feliz menos él. De eso, precisamente, están hechas las calles los días de lluvia. La luz en las ventanas de las casas ajenas nos habla siempre de una felicidad que existe sólo fuera de nosotros. O para ser más exactos, con nosotros fuera. Sebastián no era en esto, ni en nada en realidad, más que un individuo vulgar, aunque bien es cierto que le hubiera encantado no serlo. ¡Yo podría haber sido Dostoievski!, gritaba el triste tío Vania de Chejov en la cima de su desesperación, y lo más triste es que, sin duda alguna, Dostoievski pensó más de una vez lo mismo.

Para consolarse contaba sólo con su debilidad, que no estaba hecha de nada concreto, sino de años de esfuerzo impreciso. Una debilidad asombrosa, petulante, heroica, una debilidad, diría Sebastián, como Dios manda. Un castillo de naipes levantado con inagotable tesón para evitar la obligación de una construcción más sólida. Un ardid. Como aquellos tanques de cartón que desplegaron los aliados en las colinas de Inglaterra para engañar a los espías nazis. Una amenaza falsa, que al contrario que la gloriosa invasión de Normandía, no esconde ninguna potencia real. Por más que a él le resultase fascinante, su debilidad no era un señuelo tras el que esconder un león, o si acaso un conejo en la chistera, ni tenía la finalidad de observar los movimientos del enemigo, ni era un engaño destinado a distraer a portentosas defensas antiaéreas. Su debilidad no tenía peso ni forma, y carecía de finalidad alguna. No era liviana como un globo aerostático, no volaba sobre la ciudad, no mantenía ninguna posición de privilegio, y sin embargo no podía ser tomada a la ligera. Su debilidad era un búnker, y como tal estaba semienterrada pero aún a la vista de todos. Podía protegerle pero le incapacitaba para cualquier movimiento, para cualquier conquista, pues no se sabe de un búnker que haya conquistado nada, más allá de una posición de estéril resistencia, y no se conoce tampoco una fortaleza que no haya caído finalmente, por más que se vierta aceite hirviendo por las pequeñas ranuras abiertas entre sus piedras, o se dispare el cañón *Berta* desde dentro de la montaña. Ni siquiera los silos enterrados que guardan esas bombas atómicas que todos temen y nadie ha visto aseguran ninguna clase de conquista. Las conquistas, todas, dependen del paso marcial de la infantería, de los hombres de a pie. De aquellos que caminan y dejan huellas. De los que levantan las banderas. Pero una tropa necesita un arma y una canción y una carta de amor en el bolsillo y Sebastián no tenía nada de eso.

Digámoslo ya, Sebastián carecía de una estrategia para la victoria.

La debilidad le ayudaba a no dar ningún paso, le excusaba, amablemente, de toda acción. No era una debilidad heredada, pues carecía de herencia, era una debilidad construida con violentas paradojas, que es como se construye todo, con una ración de piedra y otra de argamasa, uniendo en fin lo que no desea unirse a nada y quebrando el margen de libertad de cada cosa. La debilidad de un titán, o de un tirano. Si hasta había llegado a pensar, en su locura, que se trataba de la debilidad de un santo. Entusiasmado como estaba, o estuvo, con su progresiva abstinencia. Pero luego leía el periódico por la mañana y se encontraba con los casos de muchas quinceañeras que también, como él, se negaban a comer y no parecían estar muy cerca de la santidad, y claro está, se sentía un poco ridículo. Aunque luego, por las tardes, ya con un vasito de whisky en el cuerpo, volvía inevitablemente el orgullo por lo ya conseguido. Y a qué negar que se congratulaba por el avance de sus tropas invisibles sobre el valle imaginado. Y volvía a la batalla, con más fuerza si cabe, y su debilidad crecía en el espejo hasta adoptar el tamaño de un gigante. Un gigante amable y generoso que le sonreía. ¿Acaso no había tomado la decisión de abandonar el mundo? Tal vez «decisión» sea una palabra muy grande para sus capacidades. Mejor será decir que había aceptado la inercia de su declive. Que ya no sólo no se oponía a su propia y paulatina desaparición, sino que la aceptaba con gusto. ¿Acaso se dedicaba a otra cosa? Pues no, lo cierto es que no se dedicaba ya a nada más. Aun a sabiendas de que toda esta arrogancia que le llevaba a consumirse era estúpida, él seguía a lo suyo, construyendo su derrota con paciencia infinita. Tonto era, de eso no cabe ya duda alguna, pero y qué. Tampoco tenía ya a quién dar explicaciones. Todo el terreno que había conseguido vallar y destruir en silencio, y a su alrededor, era suyo. Un campo quemado hoja tras hoja, rama tras rama, brizna a brizna, por la mano de un solo hombre. Un incendio provocado por un idiota que aún

espejo. Había decidido, sabiamente, habría que añadir, expulsar a esa mujer en particular del mundo invisible de su imaginación, con la secreta esperanza de
que ella le arrastrara a él, a su vez, hacia fuera. Porque
tampoco se puede negar, y en esto el propio Sebastián
no podría estar más de acuerdo, que aspiraba a ser tan
feliz como cualquiera. Qué caramba, si hace apenas
nada estaba la mar de contento.

Hay que decir, también, que Mónica ya había
hecho todo lo posible, en el mundo real, por arrancar a
Sebastián de las garras del monstruo que se lo había
zampado tan alegremente, pero, y con esto se excusaba
Sebastián, no en el momento adecuado. Es más, ningún momento hubiese sido el adecuado, pues no había
nadie capaz de salvar a San Jorge de las garras y las llamas del dragón. Nadie excepto San Jorge, claro está.

Se declaró en ese mismo instante, en el que
ella ya bailaba, no inocente, aunque aún no del todo
culpable. Le habían ofrecido un río, un jardín, la
cima de una montaña, y después él mismo se lo había
negado todo. ¿Había renunciado o lo había perdido?
¿Le había sido ofrecido realmente? Imposible saberlo
ahora. Aunque en ocasiones, en la sala de baile, por
ejemplo, todo lo perdido, hace ya tiempo e irreme-
diablemente, le parecía de pronto inmediato y cercano. Había crecido entre los huérfanos, sin pudor, y
entre los huérfanos había desarrollado el instinto, el
hambre, la ambición de sobrevivir. Había imaginado
una carretera, un abrazo, un beso, pero no con la confianza suficiente. No del todo. Y el sueño se había di-
fuminado. Sebastián había sido feliz, y quién no, pero
¿para qué? Te veo muy bien, le decía la gente, pero no
era cierto. ¡Levántese y recupere una postura digna!, se

repetía. Pero ¿cómo conseguirlo? ¿Con qué manos sujetar este pez escurridizo, y en qué aguas? Dónde y cómo volver a poder y sobre todo dónde y cómo volver a querer.

No siempre había sido así.

Sí que tuvo, en su día, la mano de una mujer amada entre las suyas, lo recordaba claramente, cómo olvidarlo, pero no supo sujetarla con vigor. Y de esa mujer, a la que aún quería, no quedaba ya nada. Y sin embargo en su mezquino corazón, que él imaginaba inmenso, no encontraba Sebastián, cuando buscaba, más que la obligación insoslayable de seguir amándola. ¿No desean los niños dulces que les ignoran pero que no existen ni brillan sino para ser deseados por los niños? Así su amada brillaba aún para él y sólo para él, y todo lo demás era inconcebible. Sin ese faro Sebastián se quedaba a oscuras, pero el lánguido parpadeo de esa luz le llevaba sin remedio a una isla que no existía más que en su imaginación. ¡Menudo plan, amor mío!, le repetía a ella, como si ella le escuchara. ¡Qué cosa más fea es hablar solo y qué mal remedio tiene cuando se ha escogido la soledad! Y tiraba después, con fuerza, de un mocoso que también era él, tratando de apartar al niño de los dulces, pero no había manera. Sebastián no estaba dispuesto a dejar de amar, ni a pensar en nada más.

¡Baile usted con señoritas de verdad y olvídese de una vez de sus preciosas señoritas de mentira!, se decía con evidente mal humor al ver bailar a Mónica, cada vez más lejos de él y más cerca de un apuesto y fornido suizo, pero no lograba hacer otra cosa que desobedecerse una y otra vez, como el niño malcriado que era. Tan dispuesto estaba Sebastián a ser un fantasma enamorado, tan protegido se sentía en su pequeño cuarto de juegos, que los pies los sentía ya de hormigón, incapaces de seguir el ritmo de esta o cualquier otra música. ¡Qué extraño consuelo encontraba en su triste apariencia! Si parecía la figurita de un belén, una de esas que se colocan al margen de la acción principal y que están muy a lo suyo. ¡Qué casita tan acogedora se había construido! ¡Qué delicado paisaje de miniatura sobre el que reinar desde el desdén!

Y sin embargo, y esto también lo sabía, no estaba todo perdido. De esta energía infantil que perseguía lo que ya se ha perdido, o lo que no se podía conseguir en ningún caso, porque no existía, podría sacar fuerzas para acometer algo real. Si no el amor, tal vez otra cosa. Un buen trabajo, es decir un trabajo bien hecho, una traducción más acertada de sus versos de Blake, quién sabe si una página decente para una conferencia sobre Walser, aunque llegase demasiado tarde. Contra los fracasos y renuncias del presente no podía nada, pero ser capaz de imaginar al menos una acción positiva no era un logro que Sebastián, en su posición, pudiera despreciar.

Y a esas señales se agarraba para no morir.

Pero a qué tanto eufemismo, si la palabra es suicidio, digámosla bien alta y veremos cómo se aleja. Sebastián la decía a cada rato, sin que nadie le preguntara, durante esos días que rodearon el baile de Mónica en la Embajada suiza. Sebastián no querría nunca confesarlo, y hace bien, pero había llevado a cabo el estúpido ritual de los suicidas, colgar la cuerda de un gancho para las cortinas y comprobar su resistencia, arrojar monedas por la ventana y calcular el tiempo que tardaría su cuerpo en caer al patio (apenas cuatro segundos), buscar en el botiquín esas pastillas letales que matan dulcemente a las estrellas de cine. En fin, que por esas tonterías ya había pasado, con enorme vergüenza, es verdad, pero con la apropiada solemnidad. ¿Y quién no? Todo el mundo quiere morir en algún momento y hasta hay quien lo consigue. Pero a Sebastián todo este fastidioso asunto del suicidio le parecía una cursilería, además de una banalidad. Cada vez que se acercaba a la muerte, la muerte se reía de él. Y luego, sin poder evitarlo, él también se reía. No tenía ya edad para estas cosas. Regalarle a la Muerte un hombre viejo y cansado, y Sebastián se sentía un hombre viejo y cansado pese a no serlo, era como ofrecerle dinero a un magnate. La Muerte ya tiene muchos de ésos, y se los lleva ella sola, sin que nadie se los dé. No quería morir en realidad, sólo se distraía con la idea. Morir le parecía un sueño, un lugar en el que descansar, una almohada más fresca por el lado que la cabeza aún no ha tocado, un segundo de paz, un respiro, una mentira al fin y al cabo. Ignorado por la vida y rechazado por la muerte, incapaz de bailar frente al espejo, e incapaz de volver al otro lado del espejo, donde los conejos se imaginan fantásticas aventuras, no es de extrañar que Sebastián, por ahora, se estuviera tan quietecito.

También hay que decir que el pobre hombre venía con el corazón roto. Y esto que parece una expresión vulgar, una frase de canción romántica para quinceañeras, no deja de ser una verdad como un templo. Otra expresión estúpida, por cierto. ¿Y cómo se rompe un corazón? Pues de la manera más simple.

Ignorándolo un tiempo y dándole una importancia desmedida después. Desequilibrando el delicado balance natural de todas las cosas reales. Dotando a un músculo sencillo de capacidades mágicas, heroicas, épicas, grotescas, inútiles, ficticias. Ay, la ficción qué daño hace, y Sebastián debería haberlo sabido, viniendo de un país cuyo héroe más grande lleva un orinal en la cabeza. No leas tanto, le decían de niño, y no hizo caso, y así le ha ido. La ficción puede muy bien instalarse en el alma de un hombre hasta destruirla. Sebastián había visto y admirado, a lo largo de su vida, hombres capaces de hacer cosas en el mundo real e incapacitados para la ficción, pero nunca había admirado a quienes detienen en el oscuro territorio de la ficción el curso de todos los ríos. Y él, que se tenía por un hombre inteligente, había caído como un bobo en el mundo de Alicia (la de Carroll), y ahora que detestaba el mundo de Alicia, y quería salir de él, no podía.

No es de extrañar, entonces, que cuando el mismísimo agregado cultural de la Embajada suiza regresó a su lado para decirle algo al oído, a él, en su estado, le pareciera todo más propio de una conversación entre fantasmas que de una charla amigable entre hombres educados.

—¿Dónde están el entierro? —le dijo el siniestro agregado, sonriendo como sólo sonríen los suizos, que para eso tienen el oro de todas las muertes a buen recaudo—. Me consta que usted hará una hermosa loa de nuestro admirado Walser, me dicen que es usted gran escritor al que perdono no haber leído, y me dicen que admira a nuestro admirado Walser y me dicen que usted dice que dirá grandes cosas sobre la derrota, cuando lleguen a Berna, todos ustedes. Y me dicen, perdone que haya bebido un poco, que usted tiene cosas que decir sobre Walser, gran admirado nuestro y de ustedes, y grandes cosas que decir sobre otras grandes cosas...

Y Sebastián, sin saber qué contestar, sólo había sido capaz de alejarse otra vez de él unos pasos, mientras miraba a Mónica bailar ya no tan sola. Porque estos suizos eran muy pesados, y el joven y apuesto muchacho que antes sólo se contoneaba en silencio charlaba ya con ella sin dejar de moverse, una habilidad portentosa que sin duda Sebastián no tenía. Y, si bien es cierto que esos dos pasos que le alejaban del alegre agregado cultural le acercaban a Mónica (de pronto el siniestro no era el agregado sino él), también hay que reconocer que no le acercaban lo suficiente, nunca lo suficiente, ni mucho menos. Nunca tan cerca como un joven suizo bailón y dispuesto.

Pese a lo incómodo de su situación, Sebastián tomó la decisión de no moverse. No podía avanzar, pues Mónica estaba ya enzarzada en una animadísima conversación con el joven suizo, llena de risotadas y aspavientos. Ni podía desde luego retroceder, pues no sabía ya qué decirle al alegre agregado.

Para empezar no pensaba asistir a la conferencia, lo cual convertía su presencia en este baile de verano en la Embajada en un fraude, ni tenía intención de acercarse a Mónica, lo cual convertía su merodeo alrededor de la hermosa mujer que bailaba siempre ajena a él, en otra de sus penosas charadas. ¡Ya está bien!, pensó Sebastián. Basta ya de mentir. Aceptemos de una vez todos los pasos que no hemos de dar, y dejemos de jugar al juego de las intenciones.

¡A nadie le interesa tu presencia aquí o en Berna o en lugar alguno! Para qué seguir amenazando con ser lo que nadie te ha pedido que seas.

Había decidido no bailar, con la misma determinación con la que había decidido no acudir más a ningún sitio, ni dar ya ninguna conferencia, ni volver a hablar de Robert Walser, ni visitar nunca más tumba alguna que no fuera la suya.

Y sin embargo, al recibir una invitación para el baile anual de la Embajada suiza, se había puesto casi de inmediato a planchar, mal, su mejor traje y había acudido puntual a la cita, y lo que es peor, había conseguido que Mónica le acompañase, por más que ahora él se negase a bailar con ella. Como se negaba a hablar con el agregado por considerarlo un hombre, sin duda alguna, demasiado importante como para atender a sus miserables razones, aquellas que en su cabeza ya se habían ordenado, como planetas enanos, para justificar su renuncia a ese viaje a Berna. Tal vez y sólo tal vez se atreviera a rechazar la invitación más adelante, cuando ya fuera tarde en realidad, y por teléfono, fingiendo una grave enfermedad y hablando con alguna secretaria, o cualquier enlace de la Embajada cuya importancia menor cesase de intimidarle.

Sebastián volvió a sonreír al embajador y agachó la cabeza en señal de profundo respeto. No le importaba lo más mínimo lo que ese hombre pudiera pensar de él, y sabía, por otro lado, que la posibilidad de que todo un agregado cultural recordase siquiera su presencia en esta fiesta o en Berna durante las conferencias a las que había decidido no asistir era tan remota como la posibilidad de que él se pusiera de pronto a mover sus tristes huesos al ritmo de esa música infame.

El asunto es que declinar una invitación tampoco era sencillo e implicaba un largo proceso para el que carecía de fuerzas. Tendría que llamar primero a su agente, pero como le debía dinero, no se atrevería a hacerlo, tendría después que sufrir la larga lista de preguntas insidiosas que sigue inevitablemente a cualquier renuncia. En fin, que había renunciado a esa invitación a Berna en su cabeza, pero aún no en el mundo. Y puede que nunca lo hiciera. Se odiaba por ello, pero su incapacidad para hacer algo concreto se juntaría una vez más e inexorablemente con su incapacidad para renunciar a ello.

El mundo no lo sabía, pero Sebastián ya no baila ni viaja, y sí que acumula en su alma el pequeño rencor de quien se siente ignorado en sus más dramáticas decisiones, por más que estas decisiones sean inútiles, es decir incapaces de cualquier acción afirmativa o negativa, y además, secretas, pues a nadie pensaba decir nunca nada de todo lo que con tanta audacia se negaba a sí mismo.

Como le sucedió tantas y tantas veces durante su matrimonio, y aun después, en su última y maravillosa historia de amor, el mundo no tenía la obligación de saber lo que él escondía en su cabeza. Por más que Sebastián fuera capaz en su demencia de guardarle rencor al mundo entero por ignorar todo lo que él no decía, todo lo que escondía de los demás con la secreta ambición de que los demás lo descubrieran, no podía seguir condenando a cualquiera que tratase de acercarse, por no conocer lo que no existía sino en él, y enterrado muy dentro de él. No iría a Suiza en cualquier caso, lo supieran o no, y su presencia en esta fiesta no estaba en absoluto justificada y para un hombre que ha decidido no hacer nada, tal acto gratuito resultaba poco menos que sorprendente. Pero eso a Sebastián no le importaba lo más mínimo, porque juzgaba y tal vez con razón, que no le ataba ningún compromiso a la causa suiza. Si es que los suizos tenían causa alguna, que tampoco le constaba. Hay que añadir, y esto habría que tenerlo en cuenta, que Sebastián se había sentido en su día ofendido cuando le llamaron a él, precisamente a él, para dar una conferencia sobre la derrota. Como si la derrota fuera sólo cosa suya.

Sebastián es escritor, claro está, y de nada vale no decirlo, pero no uno de esos hermosos escritores que no escriben, no, era uno de esos que eligen escribir hasta el agotamiento, sin saber muy bien por qué, ni para qué. Debería haber sido al contrario, pues su afición a la inactividad, su habilidad para cancelarlo todo, la tozudez con la que se empeñaba en sucumbir, tendrían que haber terminado también con el inútil hábito de la escritura, pero no era así. De manera que su enfermedad, que ya ocupaba sus días, ocupaba también sus noches, añadiendo a sus pesares una ración de dolores de espalda, pues, a pesar de llevar ya una vida escribiendo, nunca había conseguido hacerlo en una postura cuando menos correcta. Tal vez por esa incontrolable predisposición al martirio que le había convertido en un tipo chistoso. Un tipo chistoso que ya no se hacía a sí mismo ninguna gracia. Y si no era capaz de ir a Suiza, por tentadora que fuera la invitación, se temía que ya no sería capaz de ir tampoco a ninguna otra parte, que toda acción real le pillaría ya siempre a desmano, y que a pesar de su altanería (algo de eso le quedaba), y de su extraño valor para afrontar las peores circunstancias posibles con gran entereza, se había convertido y quién sabe si definitivamente en un caballero en pie frente a la desgracia, pero incapaz de vencerla. Y sin embargo, por las noches, y por las mañanas muy temprano, y siempre, y en lugar de las comidas, escribía. No está muy claro qué escribía, aparte de sus insensatas correcciones de Blake, que antes habían sido correcciones de Milton y de Cummings y hasta cien folios de notas sobre la *Antología de Spoon River* de Edgar Lee Masters y un pequeño bloc de apuntes sobre Beckett que a Beckett no le hacían ninguna falta. Aparte de esta actividad del todo inútil y en cambio frenética, de corrector invisible, escribía también teatro afectado e incompleto, a ratos. Un teatro más propio de titiriteros que de su admirado Noel Coward, y novelas, o al menos comienzos de novelas que no escribiría nunca, y cuentos que por breves que fueran se empeñaba en no terminar.

Tal vez si sus últimas acciones voluntarias, aquellas en las que había invertido un arrojo del todo antinatural en él, e impropio de su carácter, hubiesen resultado más acertadas... Pero lo cierto es que aún estaba pagando el suicidio de su ruptura con la vida amable, el momento exacto en el que sublimó sus propias capacidades y creyó disponer de un depósito de energía que no tenía. Y a resultas de ese agotamiento brutal, de esa acción, tal vez la última de todas las acciones de las que sería capaz, venía sin duda este profundo cansancio. Como un mono que invierte toda su destreza y su fuerza y su fe en salir de la jaula y se derrota después en el primer paso de su libertad, Sebastián se había hundido el primer día después de su divorcio. Justo en el instante posterior, en el segundo después de conseguir finalmente oponer sus escasas fuerzas imaginarias a las fuerzas reales de su vida. Y si bien fue muy capaz, y no sin asombrosa crueldad, de descuartizar su vida, en la puerta de la jaula no fue ya nunca capaz de disfrutar, de merecer siquiera, la libertad conseguida. Su mono, el mono de Sebastián, había pagado con creces su arrogancia, y estaba por así decirlo en tierra de nadie, a dos pasos de la jaula y muy lejos de la libertad, y tras él, y para esto Sebastián no era ni mucho menos insensible, ni tan simio como para no darse cuenta, no quedaba más que el insidioso olor de la tierra quemada, que es el mismo olor que emana el dolor no merecido, y delante de él no había nada.

En otro tiempo se hubiera reído de todo esto, como el día en el que escribiendo en su estudio, un ático soleado que por supuesto también había terminado por abandonar, o perder, había escuchado claramente los pasos de un monstruo subiendo por las escaleras. Pasos rotundos, de monstruo, de un monstruo inmenso y pesado que sin embargo, y pese a que le hicieron contener la respiración en absoluto silencio, no llegaban nunca hasta él. Un monstruo que subía y subía pero que nunca le alcanzaba. Cuando ya no pudo contener más la respiración salió a la terraza, para encontrar, en el edificio de al lado, a un rumano derrumbando un muro con un gran mazo. Golpe tras golpe, paso tras paso. Ahí tienes a tu monstruo, se dijo, y luego se rió. Pero claro, ésos eran otros tiempos, tiempos en los que albergaba muy poco miedo y atesoraba en cambio mucha felicidad, tiempos en los que podía uno reírse de todo.

Ahora se había quitado el traje de boda y se había puesto, quién sabe si definitivamente, la ropa de entierro. Y casi todo lo que amaba estaba en un avión que ya partía y partía sin él. Y adiós amor mío y buen viaje y adiós que te vaya bien, no es precisamente el consuelo que necesita un hombre solo parado en una terminal infinita.

Y sin embargo nada puede separar a este hombre de las cosas que quiere, por más que a veces la voluntad, o su ausencia, construya una muralla alrededor de las verdaderas razones que sujetan el aspecto de las cosas. Todo este asunto del baile, de verla a ella bailar y ser incapaz de coger su mano y bailar con ella, que es de hecho todo lo que desea hacer en este mundo, no es sino el síntoma real de una larguísima enfermedad inventada. El apuesto joven suizo que poco a poco se acerca hasta Mónica para ocupar su lugar no es sino la enésima derrota que él desea regalarse. Las cosas son también su apariencia, se dice Sebastián, y se lo dice mil veces, pero aún no lo entiende del todo.

No se había levantado bien esa mañana, pero eso ya no era excusa, porque lo cierto es que llevaba tiempo levantándose mal, con esa desagradable sensación de que el día no depararía nada bueno. Gran parte de culpa la tenían sus noches. No vamos a contar aquí sus sueños, porque como todo el mundo sabe no hay nada más aburrido que escuchar los sueños ajenos, pero lo que había soñado justo antes de despertarse marcaba en gran medida su humor. Digamos, por ejemplo, que no le gustaba soñar con enanos. Y la verdad es que últimamente soñaba mucho con enanos que llevaban estrambóticos sombreros y que se le parecían muchísimo.

No sabe bailar y lo sabe o lo intuye, como se intuyen los fracasos del futuro, idénticos en forma y fondo a los fracasos del pasado. Es aquí, en la antesala del infierno de lo real, donde se levantan las apariencias. Sólo que no se levantan en un instante, ni se levantan ahora, ni se levantarán fácilmente por mucho tiempo. No crece nada, así como así, en esta zona devastada que, a pesar de invitar más a la esperanza que al rencor, aún se resiste a ver dibujado, sobre la tierra baldía, el proyecto de edificaciones futuras. El alma de todos los temores se adueña del espíritu, con la consistencia de una infección verdadera, y se ven, claramente, las causas que llevaron a un hombre desde la línea de meta hasta un punto impreciso de la carrera, como llevaban los vientos a los barcos que cruzaron los mares en un tiempo en el que los barcos cruzaban los mares sin más fe que el viento que agitaba sus velas, y los llevaban, y vaya si los llevaban, hasta otras tierras que se intuyeron mucho antes de ser descubiertas, pero que también se mostraron, frente a la imaginación de los marinos, imprecisas, lejanas, imposibles, antes de derramar la arena de sus playas bajo los gloriosos pies de los conquistadores. Bendito Colón que decía Walt Whitman. Y eso no ayudaba a Sebastián, que no tenía pies de conquistador ni imaginación de marinero y su cuaderno de bitácora, su plan para la pacificación de sí mismo, era tan torpe como las estrategias occidentales sobre las envenenadas arenas de Oriente Medio, donde no había manera de organizar a una pandilla de locos de distintas especies bajo el manto protector de nuestra propia locura. De igual manera había sublevado Sebastián a todas sus tribus y la imposición de un sistema racionalmente probado en tierras muy lejanas, imperfecto pero útil, no albergaba esperanzas de triunfar entre los rencores ancestrales de los que era causante y víctima. Si Lawrence de Arabia hubiese decidido articular una liberación de sí mismo, también habría fracasado. Pero eso, a estas alturas, era para Sebastián un triste consuelo.

No sabía bailar y lo sabía, pero tampoco podía ignorar las razones que le habían llevado hasta la sala de baile. Las razones verdaderas se repiten con insidiosa insistencia como si no quisieran ser ignoradas. De igual manera que las campanas marcan las horas en las iglesias cercanas, nada ni nadie escapa al sonido de las horas propias, aquellas que cercenan el pasado y empujan el tiempo que vendrá. Sebastián no lo sabía, era capaz de imaginarlo pero no lo sabía, y su incapacidad para ver las sombras negras de su propio futuro le impedía tomar, en el presente, las decisiones adecuadas. No había bailado nunca, o tal vez sí, en Ginebra y muy poco, un sí pero no que le había llevado a mover las piernas torpemente sobre la cubierta inmóvil de un yate anclado junto a un puerto en uno de esos lagos de Ginebra. Alguien saltó entonces por la borda, borracho seguramente, un chico joven, y una chica muy bonita saltó detrás semidesnuda, y de pronto le invadió la vergüenza, una enorme vergüenza habría que decir, la misma que le invadía cada vez que se le ofrecía, o se le presentaba, o representaba, pues todo es una sombra en la pared, cualquier clase de felicidad. Nada de lo que había conocido le preparaba para una vida feliz, ni siquiera sabía cómo gestionar un segundo de esa sopa inane que se le ofrecía con absoluta ingenuidad y tremenda arrogancia en todos los banquetes a los que asistía, porque seguía asistiendo a ellos con estúpida frecuencia.

No era un hombre elegante, pero podría haberlo sido. Los suizos, porque también estaban allí los suizos, en esa sala de baile a la que no debería haber venido pero a la que había acudido con un insensato entusiasmo muy propio de él por otro lado, pues si algo le distinguía de los demás, o eso quería creer, era su entusiasmo por lo insensato. Su absoluta dedicación a la catástrofe. Nosotros construimos este mundo, se decía, nosotros hicimos el fuego, con dos piedras, fue idea nuestra. Somos invencibles. A menudo pensaba cosas así, como si fuera un soldado en un ejército invisible y derrotado ya, un ejército tan antiguo como el cobijo de las cavernas. Pero no sabía bailar y a ella le encantaba bailar, y por la borda de ese barco de Ginebra seguían cayendo los muchachos y las chicas, hermosos como monedas de oro en el fondo de piedra de la fuente a la que inevitablemente tendría que volver. Tal vez por eso había aceptado la invitación de la Embajada suiza y tal vez por eso, y a pesar de ser incapaz de bailar, había llegado al borde justo de la sala de baile. Tampoco tiene sentido buscar la salvación muy lejos del cielo, y eso también se estaba convirtiendo muy poco a poco en una certeza. Sebastián se moría sin saber muy bien de qué, ni por qué. Se moría de amor, claro está, pero ¿qué amor era ése?

Se desmayaba, Sebastián, o al menos soñaba con desmayarse, y recordaba, en su desmayo, el jardín pisoteado de su madre, sólo que aquí no había culpables, no corrían los niños insensatos, entre otros él mismo, sobre las flores, persiguiendo un balón de fútbol, aquí no se golpeaban las paredes ni se amenazaban los cristales de las ventanas, aquí y ahora permanecía todo inmóvil, menos el miedo. El miedo crecía, a su velocidad acostumbrada, ni muy deprisa ni muy despacio, y se iba volviendo sólido y real, como no lo eran el resto de las cosas.

Ni los recuerdos, ni los besos, ni el baile.

Y ella bailaba muy bien y él no bailaba nada.

Y ella era preciosa y él no. Aunque parte de su belleza dependiera de Sebastián. El tamaño que ella tenía ahora, encantadora en el centro justo de la sala de baile, pegada ya a un insoportable y atractivo joven suizo, multiplicados ambos por los espejos, era el tamaño que él le había dado, y ella no tenía entonces más culpa que la Virgen de un paso que ignora la fe que la sostiene. A este lado del espejo, pensaba entonces Sebastián, está el mundo, al otro lado no hay nada.

El espejo

El espejo estaba al fondo de la sala de baile y multiplicaba los bailarines. Ocupaba toda una pared y después se doblaba, hasta cerrar dos esquinas junto a la puerta que daba al jardín, de manera que en un punto no sólo multiplicaba los bailarines sino que los hacía infinitos como el recuerdo de los muchachos que se arrojaban por la borda en Ginebra. Tampoco es que le hubiera prestado mucha atención a ese efecto en un principio, pues también en el ascensor del último hotel en el que se refugió tras perder a la mujer que amaba se veía a sí mismo multiplicado infinitamente sin que eso le causase la más mínima sorpresa. Pero aquel ascensor le devolvía a él solo, mil veces, y estos espejos en la sala de baile se llenaban de parejas, y sólo una mujer parecía esperar aún una invitación y sólo un hombre, él, estaba inmóvil. Detenido, habría que decir, pues en lo inmóvil no se recuerda movimiento previo y él sí se recordaba a sí mismo en movimiento, para ser exactos casi no se recordaba de otra forma y se recreaba ahora en este instante en el que el mundo se movía pero él no. Como si se estuviera enfrentando a la deriva continental con una clara voluntad de resistencia. Una voluntad por así decirlo insignificante pero persistente. Sólo que él ignoraba tanto las razones del movimiento de lo ajeno como su propia inmovilidad y tampoco entendía por qué había llegado hasta aquí, ni cómo ni por qué tenía que detenerse justo en este punto y no en otro. Digamos que la música del baile no era la que pueda esperarse de un baile de embajada, es decir que era moderna e inútil, y que las parejas no bailaban vals sino salsa y canciones románticas latinas y que no había orquesta, ni bandá, sino eso que ahora llaman dj y que antes llamaban pinchadiscos. Se estaba yendo la última luz de un día de verano, y se sintió morir una vez más mientras la miraba, pero esto tampoco le alarmó porque en los últimos meses se había sentido morir día a día, miles de veces.

Ahora bien, este sentirse morir no era ya el dulce morir que imaginaba cuando tensaba la cuerda de su ficticio suicidio, ese que no pensaba cometer. Este morir era violento y oscuro, una oleada de miedo, una ruidosa estampida que le sacaba por un segundo de su debilidad y le sacudía. Un buen susto, vamos. Como siempre que había sentido ese turbio alquitrán acercarse, al verlo llegar hasta aquí, hasta la sala de baile de la Embajada suiza, trató también de alejarlo con las manos, como quien aparta a las moscas. Y enseguida miró a Mónica. Que seguramente le había visto agitar los brazos y que seguramente se había avergonzado de haber llegado con él a la fiesta, pero que trató de simular no haber visto nada y continuó bailando con su apuesto suizo, harta ya de este extraño juego al que en realidad jugaba sólo Sebastián y al que ella asistía de cuando en cuando con creciente aburrimiento. Mónica le había ofrecido ya su ayuda, y hasta le había espoleado, insultándole cuando era preciso, para sacarle de su abulia. El mundo real que ella le ofrecía era sin duda el que él necesitaba, y sin embargo, en la siniestra imaginación de Sebastián, no había nada que él pudiera hacer, todavía, para acercarse a ella. Sabía que su corazón, ese músculo al que él había otorgado falsos poderes sobrenaturales, no era ya capaz de ningún esfuerzo. En resumen, no consideraba siquiera la posibilidad de ser salvado, ni redimido ni simplemente ayudado. Por la misma ley, había rechazado todos los consejos, todas las pautas de comportamiento saludables y cualquier ayuda profesional. En su única visita al psiquiatra, aquel pobre hombre que no era ni mejor ni peor que ningún otro y que hacía seguramente lo que podía con su vida y con las de los demás, le había dicho con gran firmeza que no debía negarse la felicidad. No te jode, pensó Sebastián al salir, ¡y encima tengo que pagar por esto! Ni que decir tiene que no había vuelto a poner un pie en la consulta. Tan orgulloso estaba él de su hundimiento, que no soportaba la idea de que viniera alguien, un completo desconocido, a ponerle a flote con una frase de buhonero. Un hombre rana no es un pirata por más que encuentre en el fondo del mar el botín de un barco hundido por glorias muy superiores a ésta. Esos cofres que descansan en las costas de Cádiz, de La Habana, de Puerto Príncipe, fueron robados por un coraje anterior y hundidos por unas iras mayores que la pericia y el encono de estos buzos de hoy. No dejaría en ningún caso que un fontanero del alma desatascase sus magníficas cañerías. Y eso que su hermana Clara, más dada a la ayuda profesional, y que Dios la bendiga por eso y por todo lo demás, le había advertido, con muy buen criterio, de que todas las cañerías son iguales, y le había suplicado que se dejase de una vez de pamplinas y regresase a la consulta. Pero él no podía aceptar su normalidad, por más que su hermana hubiese realizado sorprendentes avances aceptando, o tal vez reinventando la suya.

No pretendía empezar a caminar de inmediato en la dirección adecuada, aunque era fácil ver la dirección adecuada, y no era capaz porque sencillamente no tenía fuerzas suficientes para cruzar esa distancia. Su inmovilidad era la única propuesta aceptable, a pesar de que el aire a su alrededor se cubriera de amenazas, porque un hombre no puede simplemente detenerse sin que las cosas reales le alcancen y le atropellen. Lo cierto es que Sebastián deseaba, secretamente, ser atropellado. Apenas daba para más. Tenía a menudo esa fantasía que tienen los hombres vencidos, ese deseo impreciso por la catástrofe. Una catástrofe superior a la suya que le diera, por fin, un respiro. Cuántas veces en los últimos días había soñado con maremotos, terremotos, diluvios, ataques terroristas, cualquier cosa que le llevara por delante, que les hiciera a los demás olvidar las deudas que él mismo había contraído, que le liberase de toda culpa sobre su propia condición. Pero este ejercicio infantil, similar al del niño que reza para que una nevada le libre de la jornada escolar del día siguiente, a un hombre, al fin y al cabo, hecho y derecho como él, le daba risa.

Sebastián estaba al borde de la locura, pero desde luego no estaba loco. No tenía la gracia de los locos, ni la solemne elegancia de quien ya lo ha perdido todo. Al borde de la locura hay muchas cosas, un mundo entero que se extiende hasta el infinito. Un territorio enorme que no se puede cruzar a pie. Sebastián sólo podía entonces contemplarlo, inmóvil, sabiendo como sabía que la distancia que le separaba de la locura superaba también, y con mucho, sus fuerzas. Y allí, en esa vasta extensión de terreno, se ordenaba con meticulosa precisión toda su vida pasada y una acertada premonición de su futuro. Y es que él, al contrario de quienes coquetean con la idea, o por así decirlo, imaginan un confort romántico en la locura, conocía la locura real, y sabía que la locura carecía por completo de encanto. Vaya si la conocía, la había contemplado en respetuoso silencio, desde niño, en su propia familia, digamos que en la habitación de al lado, y a veces en la suya, y sabía que la locura real se defiende de la vida con uñas y dientes hasta que consigue alejar su barquita lo suficiente, y entonces la vida real no tiene influencia alguna en la locura, y la locura está a salvo. Es ya una isla conquistada. Y Sebastián, ya está dicho pero no está de más repetirlo, no es un conquistador. Jamás se despertaría siendo un monstruo muy diferente del que ya era. Y todas las sucesivas mejoras que planeaba meticulosamente para sí mismo no se producirían nunca. En fin, que no era más bicho que el bicho que era. Poco importaba que se dejase llevar a veces por vientos más fuertes que su resistencia, porque sus pies jamás se separaban del suelo, y su verdadera condición, porque existe una verdadera condición para cada cosa, no variaba. Y el efecto devastador que a menudo tenían sobre él las mujeres, y él sobre ellas, era precisamente la consecuencia lógica de su incapacidad para ser otra cosa de lo que era y su habilidad inicial para simularlo. Tampoco ayudaba el hecho de que todas las mujeres a las que había conocido se subieran, con tan buena disposición, a un pedestal que él les había construido con cariño y enternecedora torpeza para terminar por mi-

rarle desde allí muy por encima del hombro. Claro
que este sentimiento envenenado también podría ser
parte de la cajita de agravios que Sebastián guardaba
bajo su cama o en la despensa, o enterrada junto a los
gatos muertos de la infancia, o en algún otro lugar no
demasiado luminoso de su corazón.

Y todo esto por amor, se decía.

Para enseguida darse cuenta de que de amor,
él, no sabía nada. ¿Acaso no había negado las verdaderas pruebas de amor, las pruebas reales que el amor
le había puesto por delante, cuando sintió, como sintió el día que abandonó su vida, que se merecía, él,
con toda su inmaculada arrogancia, una vida mejor,
un amor mejor, un cuidado más exquisito? Merecerlo
o no poco importaba en realidad, pues no hay más
amor que el construido, el sujetado y alentado entre el
tráfico de las condiciones reales. Y ese amor intangible
que Sebastián perseguía no sólo no podía existir,
sino que de haber existido, él no hubiese sido nunca
capaz de lograrlo. Era consciente ahora, demasiado
tarde, de que no había calibrado bien sus fuerzas y que
arrojarse al vacío da lugar a pocas sorpresas. Su vida se
había torcido más allá de los nombres de las cosas, y
nada se ponía a tiro si es que trataba de buscar un culpable, ni siquiera él mismo se sentía culpable de nada
en concreto. En su lado del espejo encontraba una razón
para cada acontecimiento, pero al otro lado del espejo
(en la sala de baile, donde Mónica se movía realmente,
donde se movían sus hijas, su familia, los abogados, las
deudas, el prestigio, el trabajo, la verdadera naturaleza de la historia) todas sus razones se desvanecían. De su
lado del espejo desertaban todas las cosas reales. Hasta

Dios, un Dios que para él nunca había sido más que otra de sus caprichosas intuiciones, había querido salir de allí para convertirse en real, al entender que carecía de todo poder en un mundo imaginado.

Aquí, en mi lado del espejo, pensaba Sebastián, estoy yo solo, rodeado de muñecos de madera y vampiros y zarzuelas y operetas y boleros y dramas ajenos repetidos ya mil veces, por los que caminar como un turista, mientras duren las fuerzas y el dinero.

El suizo, el joven y apuesto suizo, mientras tanto, bailaba cada vez más cerca de Mónica y Sebastián, aturdido por otra de las derrotas que él mismo, como siempre, había provocado, decidió salir por fin al jardín.

Allí habría querido desmayarse, como se desmayaban antes las señoritas, por amor o por cualquier otra causa, normalmente por inanición, pero enseguida se dio cuenta de que también era incapaz de eso. Se sentó debajo de un sauce y encendió un cigarrillo. Por un instante, y esto le sucedía con frecuencia, se sintió rematadamente bien, como se sentía cada vez que su incapacidad le regalaba una nueva ausencia. Sintió la libertad de destrozarlo todo a su paso, de dejar que las cosas se desvanecieran frente a sus ojos, la enorme tranquilidad de ser robado, una vez más y en un descuido. Se armó con la espada del triste orgullo, y se congratuló de haber bajado la guardia, de no poseer finalmente nada. Si tan sólo hubiese podido desmayarse como una de esas señoritas elegantes de las novelas. Pero aún era demasiado duro, rácano e intransigente como para dejarse caer sin más. No había acabado de matar al monstruo que le perseguía, ese ser ennegrecido por la ira y la soberbia que le incitaba siempre a merecer más y a odiar después todo lo que se le negaba. Ni había terminado de aceptar de buen grado el haber sido expulsado de los paraísos que tan delicadamente él mismo había inventado para calcinarlos después. Ese monstruo que al final es un obrero con un mazo rompiendo una pared en la casa de al lado, ese monstruo del que se había reído antes y del que ya no podía reírse, seguía durmiendo en su cama. Tal vez porque ya no había casa de al lado. Ahora todo sucedía demasiado cerca, o por así decirlo, dentro, y los mazazos, los diera un monstruo o un obrero rumano, le pegaban a él en las rodillas y le iban doblando, a pesar de que aún no tenía el consuelo de derrumbarse definitivamente.

¡Oh, no!, pensó, no puedo volver a reconciliarme con este tipo ligeramente más pusilánime que los demás que me resulta tan insoportable y que ignora su verdadero tamaño y se magnifica y se encoge, como si todo en este mundo fuera sólo decisión suya. Sácame a este mentiroso de dentro, añadió, y elevó una plegaria a los cielos, aun a sabiendas de que en los cielos no había nada, porque para que te vuele un Dios sobre la cabeza (y esto Sebastián no era tan tonto como para no saberlo), antes hay que ponerlo ahí.

En eso pasó el agregado por el jardín y le hizo un par de gestos desconcertantes. Primero se llevó un dedo a la sien y lo elevó en movimientos circulares. Sebastián pensó que le estaba llamando loco, pero según el simpático agregado movía su mano se dio cuenta de que en realidad venía a decirle que respetaba lo que fuese que estuviera pensando. Luego, el dulcísimo agregado juntó las manos y tecleó sobre un teclado imaginario, después sonrió amablemente y se fue sin decir nada. Este hombre se cree que estoy pensando en algo que después voy a escribir, concluyó Sebastián. Pobrecito mío, si supiera que sólo estaba tratando de dejar de pensar y ya puestos a pedir, tratando de sentir algo inequívoco de una maldita vez.

No conseguía desmayarse, así que cerró los ojos. Y debió de caer dormido, al menos durante unos minutos, y cabe imaginar que en paz. Respirando, por una vez, el olor del jardín, que no veía ya pero que estaba allí y era real, respirando el olor de la hierba. Hasta él podía regalarse de cuando en cuando una visita al mundo. Si no hubiera mañana, pensó, hoy no sería un problema tan serio. Ahora mismo estoy bien, se dijo, y poco a poco perdió el hilo de sus propios pensamientos.

—Una chica estupenda.

Se despertó al oír esta frase, y al abrir los ojos se dio cuenta de que el apuesto suizo fumaba sentado a su lado.

—¿Qué?

—Su novia, una chica estupenda.

—No es mi novia —respondió Sebastián incorporándose un poco.

—Eso me ha dicho.

—Se lo ha dicho.

—Sí..., he querido preguntarle antes por usted, porque no me gusta entrometerme, ni molestar a nadie.

Sebastián no sabía si aquel joven decía la verdad o no. Tampoco estaba seguro de querer saberlo. Su mundo de mentira se veía amenazado por noticias de verdad constantemente, y él prefería ignorarlas.

—Me ha dicho que usted no era su novio, así que me he ofrecido.

—¿Se ha ofrecido?

—Efectivamente. Pero no le daré detalles. No es elegante. ¿Un cigarrillo?

Sebastián tomó el cigarrillo que le ofrecía el suizo. Aún un poco aturdido.

—¿Seguro que hablamos de la misma mujer?

—Claro —dijo el suizo—, Mónica. Me ha explicado que a usted no le gusta bailar y que además no es su novio. Me ha dicho que es usted un tío bastante raro.

—Llevo una mala racha.

—¡Y quién no! No me meto en lo que no me importa, pero sabrá usted que una chica tan guapa no baila mucho tiempo sola.

—Supongo que no...

—Todo el mundo tiene derecho a ser feliz, ¿no?

—Supongo que sí...

—Y usted, perdone que se lo diga, no parece una persona particularmente alegre.

—Pero lo he sido —dijo Sebastián, cayendo en la cuenta, al decirlo, de que ya estaba dando demasiadas explicaciones y que al fin y al cabo no tenía por qué justificarse con un extraño, y en cambio no pudo evitar continuar—... y también he sido capaz de hacer feliz a alguien brevemente...

—¿A una mujer?

—Sí, a una mujer también...

—Me alegro... ¿y qué pasó?

—¿Qué pasó?... No lo sé, y en cualquier caso no es asunto suyo.

—Eso es tan cierto como que esta fiesta es un coñazo, o lo era hasta hace un rato. Esa Mónica suya es una chica estupenda.

—Ya...

Sebastián empezaba a sentirse incómodo, una cosa es que él tuviera sus propios problemas, imaginarios o no, y otra muy distinta que éstos sirvieran para entretener a este insolente y apuesto suizo.

—Verá usted —continuó el joven—, yo soy bastante alegre y bastante rico. Mi padre es español y mi madre suiza. Pero no soy uno de esos hijos de emigrante, mi padre es director de un banco en Ginebra, propiedad de mi abuelo materno, mucha mucha pasta, no sé si me entiende, y aun y así soy muy buena gente, aun pudiendo no serlo. No como esos que son buenos porque no tienen más remedio. Yo soy simpático por naturaleza, mi madre siempre me lo dice. Claro que ella es simpática también y dulce. Mi padre no, mi padre es un imbécil. Supongo que no consigue olvidarse de que está casado con una fortuna más grande que la suya. Pero en fin, no es cosa mía, a mi madre la trata bien y con eso me vale. Yo es que soy muy dado a ver lo mejor de los demás. Siempre he pensado que los guapos y los ricos somos más buena gente. Aunque no lo parezca tengo ya casi treinta años pero me mantengo muy en forma...

En ese punto el joven se levantó el polo y se golpeó dos veces en un estómago musculado que parecía de hierro. Sebastián sintió que su propio cuerpo se desmadejaba por momentos.

—... la gente no me echa más de veinticinco. Estoy muy bien construido y practico mucho deporte: natación, tenis, boxeo, vela, y los caballos..., me encantan los caballos... La verdad es que no está bien que yo lo diga pero a las mujeres les gusta mucho estar conmigo, y yo a cambio las trato bien, no se vaya a pensar... No soy ningún capullo.

Sebastián estaba tentado de pensar justo lo contrario, y por otro lado había algo inocente en su franqueza, como si en lugar de presumir, el apuesto suizo estuviera simplemente diciendo la verdad. Una verdad, por así decirlo, presumida, pero no por ello inventada, o exagerada.

El apuesto suizo se rió. Sebastián no se había reído en algún tiempo y se sintió intimidado.

—Yo es que soy muy feliz —dijo entonces el suizo, no sin cierta tristeza.

Sebastián le miró con atención. Desde luego era guapo y atlético y miraba las cosas que tenía delante. No parecía haber en él nada presuntuoso, pero era guapo y lo sabía, es más, sabía exactamente qué podía conseguir a cambio de su belleza y su natural simpatía, y no le importaba conseguirlo. A Sebastián le dolía reconocerlo pero aquel muchacho parecía, en una palabra, real.

—¿A qué se dedica? —dijo el suizo.

Sebastián encendió otro cigarrillo, esta vez uno de los suyos.

—Soy escritor.

—Qué bueno, menuda imaginación debe de tener. Yo me he leído un libro pero no creo que sea el suyo.

—No lo creo.

—Se llama *El zen y arte de reparar motocicletas.* Muy bueno, muy... profundo. Lo he leído unas cien veces. Me gustan mucho las motos. También me gustaría leer más, al menos otros dos libros más, pero no tengo mucho tiempo. Tal vez si me regala uno suyo...

—No llevo encima ninguno.

—Ya me imagino... Joder, escritor, qué bonito, eso que escriben es todo inventado, ¿no?

—Casi todo.

—Debe de ser la hostia, inventarse cosas, yo es que no tengo imaginación. Veo lo que tengo delante... ¿sabe cómo le digo? Lo que tengo delante me interesa y lo que no tengo delante ni lo veo. Eso dice mi madre. Hijo, es que lo que no tienes delante ni lo ves... Creo que es verdad. Por eso me va bien con las mujeres. Cuando las tengo delante es que no pienso en otra cosa y eso ellas lo agradecen.

—Lo entiendo..., es muy de agradecer.

—Y tanto... Hay muchas mujeres ahí fuera que sólo quieren que las vean, que las toquen, que las agarren de verdad. Yo cuando estoy, estoy, y cuando me voy, me voy. Y si estoy jugando al tenis estoy jugando al tenis, ¿sabe cómo le digo?

—Lo sé muy bien.

—Pues eso.

El joven hizo entonces una pausa muy larga, mirando al jardín. Tranquilo. Había algo en él que otorgaba confianza. La misma que otorga un caballo o un árbol o un diamante, o cualquier cosa que no duda de su condición. Sebastián poco a poco estaba dejando de sentirse intimidado por él y empezaba, en cambio, a estar cada vez más interesado por esa naturaleza tan diferente a la suya. Tan diferente que podría parecer un insulto pero que en lugar de serlo, tal vez por su condición tangible, se le aparecía de pronto como un conejo blanco del mundo de lo real. Un ciudadano de este lado del espejo. Ni que decir tiene que se parecía enormemente a su jugador de polo favorito. Y que reunía todas y cada una de las virtudes que Sebastián había imaginado para su Ramón Alaya. Era más guapo, más joven y más distraído que él, y tenía como tienen ciertas personas a cierta edad, si no se han visto sus vidas nubladas por las suficientes desgracias, todas sus capacidades intactas.

Sebastián, que no se entusiasmaba así como así, se atrevió, con un coraje que le era ajeno, fruto de su delirio, sin duda, a arriesgar una pregunta.

—¿Juega al polo?

—No —respondió el suizo—, un poco al rugby.

—Tampoco es mal deporte —dijo Sebastián, que tenía gran admiración por cualquier cosa que pudiera hacer cualquiera menos él. Por cualquier actividad que otros pudieran llevar a cabo con vigor y sin aparente esfuerzo pero que a él le resultase del todo imposible, y así la hípica, el esquí, el alpinismo, o cualquier disciplina que los otros pudieran desarrollar con atractiva naturalidad, pero para la que él se sintiera absolutamente incapacitado, ya fuera deportiva o no, le merecía el mayor de los respetos. También le impresionaba la facilidad con que la gente hacía amigos, o sonreía a la menor ocasión, y en realidad cualquier forma de disposición o de entusiasmo, tan extraños como le resultaban ambos sentimientos, le provocaba no ya simpatía, sino una absoluta reverencia.

Por un segundo no hubo más conversación. El joven suizo se quedó mirando a lo lejos, como un hombre que quiere sentir algo y no lo consigue, y Sebastián comprendió ese dolor pero lo ajustó enseguida a las verdaderas capacidades de su joven amigo. Hasta aquí te duele, pensó, a partir de aquí, creo que te estás quedando dormido.

—Estas fiestecitas son la leche —dijo el suizo de pronto, saliendo de su ensimismamiento—. Qué gente más aburrida. Y no porque sean suizos, que yo en Suiza lo he pasado muy pero que muy bien.

—Yo también lo pasé muy bien en Suiza, incluso una vez bailé un poco.

—Creía que no bailaba usted.

—Bueno, ya no... Bailé una vez en Ginebra, en una fiesta en el lago.

—Hay buenas fiestas en Suiza, la gente no lo sabe, pero hay unos fiestones de la hostia.

—Sí que es verdad.

—Me alegro de que coincida conmigo. Y en esa fiesta en el lago, ¿pilló?

—Sí, lo cierto es que pillé... Estaba con mi mujer.

—Seguro que es muy guapa.

—Sí que lo es... pero ya no estamos juntos.

—Ah, amigo, entonces ahora se la estará trabajando otro.

—Supongo que sí...

—Ah, es lo que tiene. Si las dejas ir se las pilla otro. Aquí nada bonito pasa mucha hambre. Pero es lo que hay, no hay que darle muchas vueltas. Nadie es de nadie, ¿no?

—No. Nadie que consiga seguir adelante.

—Vamos, vamos... todo el mundo lo consigue. Esto del amor..., no sé..., es, por así decirlo..., reproducible.

—¿Reproducible?

—Las velas, las canciones, un buen polvo, el servicio de habitaciones en mitad de la noche, la playa, las risas... son momentos únicos y en cambio reproducibles, te los puedes montar una y mil veces.

Una y mil veces le parecían a Sebastián muchísimas veces, él que no era capaz de dar un paso hacia la pista de baile... Una y mil veces, ahí es nada... Ni siquiera sabía qué número era ése. Sus matemáticas de la destrucción no daban para tanto. Sebastián contaba para atrás, y este idiota no veía problema alguno en contar hacia delante. Si en algún momento de su vida se sintió verdaderamente muerto fue al tratar de imaginar esas una y mil veces que el arrogante suizo, ahora sí lo consideraba arrogante, era capaz de vislumbrar tan fácilmente. Enseguida retiró el término arrogante de su pensamiento porque era consciente de que esas una y mil veces que prometía el suizo eran más reales que todas sus dudas.

—Usted es buena gente —dijo entonces el suizo.

—No lo sé...

—Que sí, hombre, que sí..., si eso se ve..., y esa chica le tiene mucho cariño, a lo mejor le quiere y todo, pero...

—¿Pero...?

—Pero, chico, si no bailas, alguien baila por ti. Es la vida misma.

Sebastián no pudo evitar ver entonces, por un instante, la vida misma. Y a pesar de que su dolor se hacía de pronto más grande, precisamente ante la obligación inesperada de contemplar de frente la vida misma, sintió como si sus desgracias imaginarias se encogiesen un poco. A veces la vida nos regala un perro que muerde, y que nos impide seguir imaginando desgracias peores. Sebastián miró al muchacho y se dio cuenta de que era, en efecto, un perro que mordía.

—Y eso de escribir, ¿cómo es? Algún día me gustaría a mí escribir algo, pero no sé muy bien cómo se hace.

—Yo tampoco.

—Venga, hombre, si es escritor algo sabrá. Se lo inventa uno, o va contando las cosas que le pasan. Porque yo podría contar un montón de cosas. Pero no tengo tiempo. Yo es que cada día me lío haciendo mil cosas.

—Todo el mundo piensa que su vida podría ser una novela.

—¿Y no es verdad?

—No. Una novela es una novela. No tiene nada que ver con la vida.

Sebastián se dio cuenta de que había elevado el tono con cierto disgusto. Estaba harto, como todos los escritores de este mundo, de que cualquiera pensase que esto de escribir era sólo cuestión de no tener nada mejor que hacer. Que los que follaban y jugaban al tenis y hacían piruetas en sus estúpidas motos de agua tendrían algo que escribir si se pusieran a ello.

Él sabía que no era capaz de vivir, y no acababa de entender cómo del otro lado nadie sentía la misma impotencia. No llegaba a entender cómo un tipo que era tan inteligente como para vivir de veras no era consciente de que no tenía ninguna posibilidad de escribir.

—Usted no podría escribir nunca un libro.

—¿Y cómo es eso?

—Verá usted —dijo ya un poco indignado—, hay un libro precioso que se llama *Veinte mil leguas de viaje submarino*. Lo escribió Julio Verne y trata de un mundo debajo del mar. ¿Y sabe qué hay exactamente

114

a veinte mil leguas debajo de la superficie del mar, en realidad?

—No...

—Nada. A esa profundidad no hay absolutamente nada, todo lo que había debajo del mar en ese libro lo puso Julio Verne. Hasta el último pez.

—Entonces es todo inventado.

—Exactamente. En un libro no hay nada que no esté escrito por gente como yo, que podrían hacer otra cosa pero que hacen esto, corrijo, que no podrían hacer otra cosa y que tal vez por eso hacen esto.

Sebastián se sintió enseguida ridículo. Su enfado le había llevado más lejos de lo que quería ir. Este adorable joven suizo que se quería tirar a su novia le obligaba a caminar más de lo que había caminado en meses, aun sin moverse del tronco del sauce, en mitad del jardín de la Embajada. Encendió otro cigarrillo y trató de calmarse.

—¿Sabe lo que es hacer un recto?

—¿Un qué?

—Un recto, yo es que he corrido un poco en moto. Un recto es cuando por una cosa o por otra te comes la curva y, en vez de trazar, te vas derecho hasta el otro lado.

—Y eso qué tiene que ver...

—¿Con lo que hablábamos? Nada... Es que a mí esto de la literatura me aburre un poco mortalmente, pero usted me cae muy bien. En esta fiesta hay mucho gilipollas y créame que los conozco a casi todos. Además, nunca había hablado con un escritor... y es más divertido que hablar con un banquero.

Sebastián no sabía mucho de motos pero se dio cuenta de que este chico le acababa de hacer un recto y se sorprendió por su elegancia al hacerlo. Se había salido de la curva y había encontrado por fuera el camino hasta la carretera. No podía decirse que fuera tonto, el suizo. Ni que él, con su Julio Verne y su irritación, fuera muy listo. Lo cierto es que este gato de Cheshire de lo tangible, pues había decidido ascenderle y ya no veía en él un conejo blanco, le intrigaba cada vez más.

—¿Sabe lo que se me da mal a mí?

—No —dijo Sebastián, tratando de no mostrar mucho interés sin conseguirlo, pues de verdad quería saber qué se le daba mal a este demonio.

—La chapa.

—¿La chapa?

—Sí, la chapa... Los mensajitos..., lo que hay que decir para volverlas locas... Lo bonito. Para mí lo bueno son las mujeres y antes y después tengo poco que decir. Si fuera mejor con la chapa follaría incluso más. Seguro que usted, siendo escritor y eso, es súper bueno con la chapa.

—Súper bueno —dijo Sebastián con una sonrisa—, de hecho soy el rey de la chapa.

—¿Y cómo se hace eso?

—Bueno, lo fundamental es creérselo.

—¿Creérselo?

—Eso es. Lo que usted llama la chapa es toda mi vida.

—Jo, qué tío, yo con la chapa soy fatal. Me imagino que usted y yo juntos..., usted con su chapa y yo con lo mío..., seríamos la hostia.

—Seríamos la hostia, sí, pero yo necesitaría una nariz más grande y además ya está escrito, y nos demandarían por plagio. También podrías ser un niño de madera y yo un grillo muy listo pero tampoco llegaríamos muy lejos.

—Como Pinocho.

—Como Pinocho.

—Ésa la he visto, es triste de cojones. No me gustó nada...

—A mí tampoco.

—Es que yo no soporto estar triste. No sirve de nada. Cuando era niño me ponía triste muchas veces, no podía evitarlo. Supongo que los niños no pueden evitarlo.

—Creo que no, que no pueden.

—Ya, el caso es que a mí lo de estar triste no me gustaba nada, ni los días tristes, ni las pelis tristes, ni las chicas tristes.

—A mí en cambio me encantan las chicas tristes.

—Claro, porque usted es triste. Nada más verle arriba pensé, qué tío más triste. Bueno, de hecho no me fijé en usted al principio, me fijé sólo en ella, y al verla a ella pensé, qué chica más guapa y luego pensé, qué tío más triste ese que la acompaña y enseguida vi sitio.

—¿Sitio?

—Sitio, para adelantar. A veces el tío que va delante te cierra las puertas pero a poco que no ande espabilado, ves sitio, y si ves sitio adelantas. Espero que no le joda mucho, pero si no cierras las puertas te adelantan..., y si no soy yo es otro..., y si va a ser otro prefiero ser yo.

—Tiene todo el sentido del mundo.

—Verá usted —siguió el muchacho, a pesar de que nadie le había pedido una explicación y Sebastián se daba por contento con lo que ya había aprendido—, nunca he entendido a la gente que se ríe en un entierro ni a la gente que llora en una fiesta. Cada cosa tiene su lugar y su momento, ¿no? Y estaba usted tan triste en la sala de baile, al lado de una chica tan preciosa, que pensé, este tío está tonto, y luego pensé, no se la merece, y al acercarme a ella me di cuenta de que tenía más razón que un santo.

Sebastián no respondió. A pesar de todo le quedaba su milímetro de orgullo, por más que ya no supiera qué hacer con él. Se puso aún más triste, como quien una vez que es atrapado por un crimen decide, con insolencia, confesar todos los demás crímenes cometidos.

—¿Y por qué está usted tan triste? ¡Si la vida es cojonuda! Claro que a lo mejor mi vida es cojonuda y la suya no...

Sebastián llevaba ya un rato pensando en por qué narices seguía hablando con el joven suizo, pero cada vez que estaba dispuesto a abandonar, la brutal sencillez del joven suizo le ganaba un segundo más de interés, tal vez un segundo más de vida. Por otro lado, Sebastián no era muy rápido escapando de nada, y no es de extrañar que en su cabeza permanecer inmóvil, una vez más, junto al sauce, en el jardín de la Embajada suiza, contándole la triste historia de su vida a un arrogante desconocido, le pareciera la mejor opción, aunque sólo fuera porque abandonar este encuentro le hubiera llevado de vuelta directamente a su mundo de fantasmas.

—Me llamo Christian, por cierto —dijo el joven alargando su mano, y Sebastián no tuvo más remedio que aceptar el gesto, aunque no fue capaz de pronunciar su propio nombre. El apuesto suizo sonrió y la verdad es que su sonrisa era dulce y ligera-

fumando solo junto a la fuente. Nada. Enseguida regresó al rumor de sus propias preocupaciones. ¿Quién era este insolente y apuesto suizo, este Christian, para hacerle esperar a él? Malditos sean Christian y sus snaps. ¿Cómo se podía ser tan profundamente insensato? Malditos sean su bronceado y su musculoso y bien formado cuerpo, y su arrolladora simpatía y su hueca franqueza. ¿Por qué tenía él que compartir snaps, y charla, con un individuo como ése? ¿En qué clase de tipo siniestro se estaba convirtiendo? Ahora mismo me levanto, pensó Sebastián, ahora mismo me levanto y me voy y le dejo al Christian este sujetando sus snaps con un buen palmo de narices. Sebastián miró su reloj y se dio cuenta de que apenas habían pasado unos segundos. Qué descortesía, se dijo entonces, si este simpatiquísimo joven viene a ofrecerme el mejor licor de su tierra y yo ya me he largado. Me dije cinco minutos, y cinco minutos al menos debería otorgarle. Total, qué iba a hacer, si nadie le esperaba en ninguna parte y no podía volver ya a esa estúpida sala de baile, para encontrarse con Mónica que no era más, al fin y al cabo, que otro de los nombres y las caras de su derrota. Tampoco estaba muy convencido, a decir verdad, de que su desplante fuera a causar la más mínima impresión en el joven Christian. Más bien al contrario. Probablemente, el apuesto suizo se sentiría aliviado si al regresar no le encontraba allí. No pienso ponerle las cosas tan fáciles al alegre muchacho de los cabellos de oro, maquinó Sebastián. Que se fastidie y que hable conmigo, y me soporte hasta el fin de sus días si hace falta y si a mí me da la gana. Así que una vez más transformó su miseria en orgullo, que para esto y sólo para esto era un alquimista prodigio-

le dieran. ¡Seguro que esos snaps eran magníficos, de los que levantan a un muerto! Y qué mejor bebida para él entonces. Y qué mejor compañía que la de un muchacho alegre, capaz, atlético, en una palabra vivo. Cuánto podrías aprender de un muchacho así, pensó Sebastián antes de darse cuenta de que en realidad no podría aprender nada, porque él también había sido franco y hermoso y alegre en otro tiempo y no podría volver allí, ni con una transfusión de la mismísima sangre de Christian, mucho menos con un ridículo vasito de aguardiente tirolés. Que le den a este suizo y a toda su ralea. No los necesito para nada. Pero ¿adónde ir entonces? ¿Qué hacer? ¿Dónde esconderse de esta nueva derrota? Sin darse ni cuenta empezó a recordar los acontecimientos que le habían llevado hasta allí, no todos, claro está, porque eso incluso a él le hubiese resultado aburridísimo, especialmente a él, y no sólo aburridísimo sino terriblemente doloroso. Porque Sebastián a pesar de todo se dolía, como se duele todo el mundo. No es que le doliera lo que otros le habían hecho, porque si algo había ya desterrado era el rencor, es que se dolía, como se duelen los motoristas después de rodar por el asfalto, sin poder culpar ni a la lluvia, ni a los neumáticos, ni del todo a su propia torpeza, o a su falta de pericia. Sebastián, que era un motorista, conocía muy bien el dolor de la caída, y sabía que en la caída no hay más que rodar contra el asfalto y no culpar a nadie. Y en ese dolor, que es el dolor de los animales, comprendía que bucear hasta el fondo de un mar que ya no existía no tenía más sentido que tratar de besar a una mujer que ya no estaba. Y así las cosas, su recuerdo, más prudente que él y menos arrogante, no estaba dispuesto a correr mucho ni muy deprisa. El pasado estaba, al menos por ahora, fuera de su alcance. Sólo ayer, se decía, y ni siquiera eso es seguro. Porque si no era capaz de caminar, ni de amar, ni de bailar, ni de levantarse de debajo de ese estúpido sauce llorón y dejar de una vez esa absurda fiesta suiza, mucho menos iba a conseguir viajar en el tiempo con su libretita de notas apuntando culpas y agravios.

Tampoco le había dado nadie derecho para indagar en su pasado, ni tenía nada que descubrir que no supiera ya. O tal vez sí, pero en cualquier caso era un viaje endemoniado que no estaba dispuesto a hacer. No puede uno viajar libremente en el tiempo y regresar a su pasado que también es el de los demás implicados y sacar cuentas a su manera, como si los otros y la percepción que los otros tienen de los más íntimos detalles comunes no existieran. ¿Qué pensaría su mujer, su verdadera mujer, sin ir más lejos, si a él se le ocurriera recordar y ordenar y suprimir y al fin y al cabo inventar el territorio de sus desgracias y alegrías comunes? ¿Con qué pies manchados con Dios sabe qué barro de ahora entrar en la que fue entonces su casa? Cómo mirarla ahora, a su ex mujer, a los ojos, aunque fuera en sus recuerdos, para tratar de descifrar el desastre que les separó definitivamente. Ni hablar, allí no podía volver como si fuera inocente, o como el estúpido fantasma de las Navidades pasadas. No podía ir tan lejos, porque tan lejos ya no existía, no desde luego visto desde aquí. Bendito Colón, y bendito Walt Whitman, que los dos supieron en el momento adecuado que siempre es más fácil seguir que volver. Se dio cuenta, y le costó mucho hacerlo, de que si volviese por un segundo a su pasado real, a su pasado compartido, no estrictamente suyo en ningún caso, no sería más que un intruso. Y no quería ser un intruso en su propia vida, ni tampoco un juez, ni un detective desesperado, no quería inventarse un crimen que no había sucedido sujetando un pelo teñido de sangre encontrado en la moqueta.

Se extienden sobre una gran manta las piezas del avión siniestrado para construir aviones más seguros y mejores, pero a nadie en esos deprimentes hangares donde se investiga la muerte de los inocentes se le escapa que con esas piezas no se puede volver a construir el avión que se precipitó sobre el mar. Nada ni nadie, ni con todo el esfuerzo, el coraje y la pericia del mundo, podría volver a sentar a las víctimas del accidente en sus asientos, ni regresar al segundo antes de que el aparato entrase en barrena. En un avión fantasma, destruido, deconstruido en piezas, ni la más simpática de las azafatas puede servir café con galletitas. Sebastián no tenía la menor intención de caminar sobre sus huellas en la nieve. Nada de lo que encontrase en su regreso sería exactamente lo que dejó al irse, y la que fue su vida no debía ser molestada ahora por el recuerdo. Tampoco puede contemplarse a una mujer que ha sido nuestra como si no se la hubiese amado.

Podía, eso sí, volver la vista atrás un poco, hasta ayer, que en cualquier caso le parecía ya una distancia desmesurada, y a lo mejor, sólo a lo mejor, su ayer arrojaría un poquito de luz sobre este hoy tan desconcertante. Antes de empezar el viaje, miró no obstante una vez más el reloj, para adoptar una decisión con firmeza. Te doy dos minutos más para aparecer aquí con esos malditos snaps, querido Christian, o ya te puedes ir olvidando de mí. Y enseguida trató de recordar los sucesos de la víspera.

El fin del fin del mundo

Debió decir sí, desde el primer momento, pero no lo dijo. Debió haber metido el pie en el quicio de su puerta entreabierta y haberla besado y lo demás hubiera llegado solo, pero se detuvo. Miró desde la calle cómo la puerta se cerraba, y a través de los cristales del portal la vio entrar en el ascensor. ¿Se giró para mirarle? Lo hizo, y él pensó que ese gesto era una pequeña victoria. Estaba enamorado. Locamente enamorado, Otra vez y como siempre.

Por la mañana se despertó con náuseas, seguramente con un grito, aunque no supo si había gritado en voz alta, dentro del mundo real, o sólo en sueños. Pensó que iba a vomitar, pero su nombre se lo impidió. Sin saber bien por qué dijo su nombre, el nombre de la mujer a la que amaba, esta vez sí en voz alta, e inmediatamente se calmó. Se preguntó por qué el amor, el amor imaginado, tenía ese efecto en su estado de ánimo. Tengo que estar siempre enamorado, se dijo, no hay más remedio.

Aquella tarde visitó a su galerista favorita, tomó café con ella y hasta cogió su mano, con profundo cariño. Desde que era un hombre desesperado, el cariño le interesaba más que antes, pero no demasiado. También le aterraba. Todo le aterraba en realidad. En la galería, contempló la obra de un artista coreano. Fotos de niñas mirando vastos paisajes, urbanos, industriales, campestres, y pensó inmediatamente en la necesidad de ser otro. Después de despedirse de Lola, pensó en matarse, pero enseguida descartó la idea. Tenía dos hijas.

Le obsesionaba la dichosa traducción de Blake en la que, a su juicio, el traductor había ignorado por completo la cadencia de los versos originales. Estaba muy preocupado por eso, y por el futuro de Bobby Fischer, y por la idea recurrente pero no sincera de acabar con su vida.

La gente pensará que estoy loco, imaginó, si por un segundo dejase de ser para siempre esa persona entretenida, amable y sonriente, ligera, que tanto les gustaba, para amargar de pronto el mediodía de sus días con la grave noticia de un vulgar suicidio. No odiaba a nadie lo bastante. Lo cierto es que a pesar del tiempo vivido, y de no haber sido especialmente generoso con nadie, contaba con un nutrido grupo de amigos y su encanto con las mujeres, y sus sucesivos fracasos, habían dejado un buen saldo de amigas cariñosas. No odiaba a nadie en concreto, ni tenía claro que nadie le odiase a él.

El mismo respeto que mostraba ocultando el nombre del traductor que tanto le irritaba (al que se refería siempre como un traductor de Blake cuyo nombre, en agradecimiento a su esfuerzo, no revelaré) lo había mostrado con todas y cada una de sus amistades y amantes. Sencillamente no le gustaba hablar mal de los demás. Tenía un millón de defectos, pero ése no.

¿Cómo sucedió todo esto? Cómo llegó siquiera a pensar en la muerte.

Sí había sido un hombre de éxito, de cierto éxito al menos, en reducidos círculos académicos, y apuesto, relativamente apuesto al menos. Su teléfono aún sonaba, y casi siempre eran mujeres las que llamaban, pero no encontraba ya en ello consuelo alguno. Sus trajes envejecían, y no tenía espíritu, ni dinero, para sustituirlos por otros. Había perdido todo interés por la moda masculina. ¿Ése era el fin? Un hombre pierde todo interés por la moda y muere. Imaginó el epitafio y no le gustó nada. Al dejar la galería, en la calle Libertad, caminó hasta un quiosco de la Gran Vía y compró *L'Uomo Vogue*. Si tenía que recuperar el pulso de su vanidad para salvar la vida, lo haría, estaba más que dispuesto a hacer cosas aún peores. A Mónica le gustará que vista bien, pensó, y además lo merece. Se había descuidado en exceso desde su última separación, en realidad se había descuidado mucho inmediatamente después de su divorcio, antes aun, cuando la idea de otra vida se instaló en su cabeza como una tormenta posada sobre una playa. La arena le había entrado entonces en los ojos, y nublaba ya la visión de todas y cada una de las cosas.

Mónica era una mujer hermosa, como lo habían sido el resto de las mujeres de su vida. Pero no se enamora uno sólo de la belleza. ¿O sí? Él no lo sabía. No podía opinar al respecto. Pero tenía que estar enamorado, de eso estaba seguro, tenía que estar enamorado para poder poner un pie detrás de otro y de nada valía ya estar enamorado de manera imprecisa, o estar enamorado del recuerdo de las mujeres que él mismo había traicionado, y en su cabeza las había traicionado a todas de una manera u otra, no siendo infiel precisamente, porque la infidelidad no era algo que pudiera permitirse, sino dejando de ser, en ocasiones, y no siendo en otras, el hombre que ellas esperaban que fuese. Y aun así corría hacia el amor, porque no conocía otra manera de salvarse. O puede que no fuera más que un hábito, el enamorarse, una deriva, como la que mueve a los continentes a acercarse y separarse caprichosamente. Fuera como fuera, no quería pensar en ello. Había llegado a la conclusión de que la vida se le hacía insoportable sin una mujer en la cabeza. Claro que no valía cualquiera. Ni servía para vivir cualquier clase de amor. Sobre todo ahora que su mundo se había derrumbado y la ventisca se lo llevaba todo por delante. Ahora tenía que andarse con mucho cuidado. Ahora, pensaba, otro paso en falso, tan sólo uno, le destruiría por completo. Tenía que estar enamorado de Mónica y de nadie más. Tenía que regalarle a ella sus días y sus noches, su esfuerzo, sus preocupaciones, sus miedos y también todos sus reproches, y finalmente, si se daba el caso, su destrucción y la de todo su mundo, o por el contrario la construcción de su mundo y alguna clase de alegría.

Por la tarde cogió un avión, pero algo, un buitre al parecer, se estrelló contra la cabina durante la maniobra de despegue y el avión dio la vuelta y volvió a aterrizar en Madrid. Lo tomó como una señal, y un aviso, y pensó seriamente en no volver a volar jamás. Canceló todos sus viajes. Su agente amenazó con dejarle. Tenía doce conferencias firmadas para ese verano pero no daría ninguna.

No se atrevió a cancelar la conferencia de Berna. Pensó que Robert Walser merecía un trato diferente.

De vuelta a casa, dejó su maleta sobre la cama y se tragó cuatro de esas absurdas pastillas para adelgazar que andaba tomando todo el día. Ni siquiera estaba gordo, pero no se gustaba. No es cierto, sentía una extraña admiración por alguien que podía ser él, que estaba muy cerca de ser él, pero que desde luego no era él. Sólo en los hoteles de lujo, mirándose en el espejo a cierta distancia, desde la puerta del baño, se encontraba atractivo, pero el tiempo de los hoteles de lujo ya se había pasado. Su contable le avisó de que no podía permitírselo. Sus cuentas de minibar eran fiscalmente injustificables. Su alma estaba rota y él lo sabía. Seguramente porque la había roto él. Le obsesionaba Bobby Fischer, pero apenas sabía jugar al ajedrez. Qué tontuna, se decía, qué tontuna la mía.

Apartó la maleta y se echó en la cama. Durmió una larga siesta. Se levantó de un salto y comenzó a corregir su personal traducción de Blake. Estaba convencido de que el traductor, a pesar de su esfuerzo, había preferido la sobreexplicación de los versos, es decir, dotar a los versos de más apoyos de los que en verdad requerían o solicitaban (domesticando así gran parte de su arrogancia), en lugar de respetar el ritmo orgánico y la secuencia primigenia, que era también, en su violento desarrollo de la percusión, la verdadera naturaleza del poema. Se sentía defraudado, abatido por ese error de apreciación, y se propuso seriamente corregir, al menos eso. Pensó en Mónica, su amor inventado, y pensó que a ella le agradaría. Aunque ella no había leído a Blake ni falta que le hacía. Ella caminaba sola, erguida, era valiente y capaz, y preciosa. La quiero, se dijo. Y siguió con lo suyo. Recordó de pronto las vacaciones del año anterior y dejó su tarea.

Recordó un chiringuito de playa en el que le pareció que su vida entera se había convertido en un desastre. Recordó el vértigo. Decidió no mentir más. Apartó los papeles garabateados y decidió también no volver a tratar de traducir nunca nada.

Ni siquiera era un buen traductor. Para qué engañarse.

No son locos esa gente que se divierte, que disfruta, que viaja, que folla... Recordó esas líneas de Pavese. Abandonó a Blake, definitivamente, se olvidó de Bobby Fischer por un instante y decidió enamorarse de Mónica, más aún, todo lo que le fuera posible. Decidió no pensar en otra cosa.

Por la noche llamó Mónica, pero se negó a verla.

Se despertó de buen humor y se preparó un café bien cargado, hizo mil planes para el día, salió a la terraza, miró los tejados de los edificios de la Gran Vía, habitados por toda clase de gigantes de bronce, el reloj de la Telefónica marcaba las ocho, eran los primeros días de julio y una brisa fresca le daba a la mañana un no sé qué prometedor. Se sirvió un vaso grande de whisky, lo bebió deprisa y se quedó dormido.

Despertó a mediodía, pensó en ir al banco, pero no lo hizo. Esta vida aburre a un muerto, pensó, y enseguida empezó a maquinar algo. Hay que tener una tarea, se dijo, pero no una tarea cercada por los márgenes de un juego, sino una tarea real. Una huerta, por ejemplo. Pero no era hombre de campo y lo sabía, así que decidió desistir. Había observado en otros hombres los beneficios de la actividad, Ramón Alaya, sin ir más lejos, además de polo, practicaba un sinfín de juegos y deportes, pero no se consideraba capaz de rivalizar con el maldito polista argentino. Allá ellos con su huerta, se dijo, con esa arrogancia que le había llevado hasta el borde de esta absurda piscina vacía que era su vida.

Porque era arrogante, sin motivo, pero arrogante. En una ocasión, se empeñó en demostrarse a sí mismo, y en silencio, el alcance de su inteligencia, se sometió a un test profesional y se congratuló del resultado. Su inteligencia era superior a la media, pero enseguida se decepcionó, porque no era tan superior como él hubiera imaginado. Pasó el test seis veces en seis gabinetes distintos y el resultado fue idéntico. Era un superdotado en todas partes pero no era un genio en ningún sitio. Sintió una profunda vergüenza al recordarlo. Por aquel entonces vivía en una ciudad extranjera y tenía una familia y era lo que se dice un hombre entero, pero seguramente ya estaba desquiciado. Decidió olvidar el episodio de los test de inteligencia, o al menos perdonárselo. Pensó entonces en desarrollar músculos, e incluso hizo treinta flexiones, pero ni una más. Salió a la calle y compró el periódico, fue reconocido por dos adolescentes muy monas junto al quiosco y recordó de pronto que era un personaje conocido, o al menos lo había sido. Le hizo una ilusión tremenda y al segundo se avergonzó también de eso.

Quería tanto a Mónica que le costaba andar. Pensó que el amor una vez más le haría andar ligero, pero no fue así. Le extrañó profundamente. Compró entradas para el circo. Odiaba el circo pero supuso que a sus hijas les gustaría. Llevaba dos años divorciado y aún no había probado el circo. Había ido mucho al zoo. De hecho estaba del zoo hasta el gorro. Al volver a casa se sentó a leer a Kierkegaard. No pensó en traducirlo mejor porque no sabía danés.

No me permite mi sensibilidad hablar sin humanidad de la grandeza... Leyó esas líneas con enorme entusiasmo y asintió con la cabeza y se congratuló como si las hubiera escrito él. Si algún día Mónica aceptara ser mi mujer y yo fuera capaz de ser su esposo, mi vida mejoraría enormemente. Encerró esa idea en un puño y se la tragó. A partir de entonces apenas creyó en otra cosa. Y al fin y al cabo, cuál era su problema. ¿Había querido demasiado? Él pensaba que sí, pero ¿era cierto? De niño en clase de música se había visto obligado a cantar una cancioncilla popular que marcó su vida, que probablemente, visto ahora con la distancia que dan los años, la destruyó. La canción era más o menos así:

He subido a Begoña
y he preguntado
si es que ha habido algún hombre
que muera amando
y han respondido
y han respondido
mujeres a millares
hombres no ha habido.

Aquella canción le molestó entonces, cuando apenas tenía doce años, y le producía una profunda indignación ahora. ¡Cómo que no ha habido un hombre que muera amando!, se dijo entonces el Sebastián niño. Yo mismo podría morir amando. Cuando sea un hombre no me dedicaré a nada más.

Y para eso había escogido a Mónica entre todas las mujeres, para morir amando, y por eso era incapaz de verla, de entrar en su portal, de besarla, de acostarse con ella, de llevarla a una fiesta cogida de la mano, porque lo contrario no es morir amando, lo contrario es amar como ama todo el mundo, entrar, besar, follar, mentir. ¡Ni siquiera lo llaman amor!, pensó en voz alta. ¡Lo llaman relaciones! ¡Pues bien, que se relacionen entre ellos y me dejen a mí en paz!

Estaba más que harto de este mundo y de todas sus absurdas simplificaciones, y harto del zoo y de cada una de sus jaulas.

Para él, el mundo tenía que acabarse de una vez, o empezar de una vez por todas.

¡Qué le importaba a él si el mundo se calentaba o se enfriaba o se acababa dentro de doscientos años, o la semana que viene! A él le preocupaba el estado de su alma. A su alma le tenía gran amor y gran respeto, lo demás apenas le interesaba. Le importaba Mónica, claro está, pero es que Mónica era ya el centro de su vida, y en su vida no había más que Mónica. Ya sólo hablaré de amor, se decía entre copa y copa, y mientras tanto su vida se derrumbaba, las deudas crecían, las demandas se amontonaban, sus agentes (tenía más de uno) le amenazaban no sin cierta dulzura, mientras su carrera se detenía y el dinero no llegaba.

Pero a él qué más le daba si estaba dispuesto a darlo todo por amor, a morir amando, literalmente, para callarle la boca a esa estúpida canción que le había torturado desde la infancia.

Tampoco es que, siendo honesto, pudiera aspirar a mucho más en ese preciso momento de su vida. Apenas comía, y la tristeza le sujetaba por el cuello con la fuerza de un gorila, y de sus días de bravura apenas le quedaba un impreciso recuerdo.

Hasta tal punto había llegado su debilidad que ni siquiera era capaz de seguir besando mujeres por los bares, él que las había besado a todas, sin exigir nada a cambio.

En fin, que para cuando le alcanzó el rumor de que su carrera estaba acabada, él llevaba ya varios metros de ventaja. Y además, qué podía importarle, si él sólo pensaba en amar, y ya está. Y no se planteaba otra actividad, otra dedicación, otro empeño que querer, hasta la muerte. Digan lo que digan en Begoña.

Por la noche bajó a cenar a un restaurante peruano, pero se arrepintió en cuanto llegó la comida y apenas desordenó el plato, tratando de ocultar la máxima cantidad de arroz posible bajo la cuchara como hacía cuando niño, cuando trataba de engañar a su madre, simulando comer lo que en realidad no había comido.

Al salir del restaurante llamó Mónica, pero no cogió el teléfono. Esperó a que dejara de sonar y después mandó un mensaje.

TE QUIERO

Se preguntó cuántos mensajes idénticos se mandarían alrededor del mundo cada día, cada segundo, decidió que el mundo era un lugar muy hermoso.

La gente que se divierte, que disfruta, que viaja, que folla... Las palabras de Pavese le daban vueltas en la cabeza. ¿Cómo ser esa gente? ¿Acaso no lo había intentado él mismo, acaso no se había dejado la piel tratando de que su vida no fuera más que eso? Pero apenas había conseguido simular con cierta eficacia pertenecer a esa gente que hace cosas, que cuida jardines, que desarrolla músculos, esa raza superior que vive mientras otros sueñan que sueñan que viven. Todo muy bonito, pero el caso es que Mónica estaba llamando otra vez y algo había que decirle. Dejó una vez más que el teléfono se callara para poder pensar con claridad. Podía decirle que había decidido amarla hasta la muerte y que precisamente por eso no podía verla ni hablar con ella, pero eso, que suena muy bien en un cuento de Chejov en el que un amante cabalga millas a través del bosque para sollozar frente a la verja de su amada sin decir ni mu, y volver a cabalgar después de vuelta a casa, sin que nadie, ni su amada, se percate, eso que en ruso suena tan bien, iba a sonar muy raro en castellano parado en la esquina de la calle Valverde con la Gran Vía, a tan sólo diez metros de la casa de Mónica, que él había visitado, y hasta limpiado, aunque a ella le pareció en su día que limpiaba con desgana, y tal vez no le faltara razón, porque él era incapaz, en ese momento preciso de su vida, de hacer nada bien. ¿Por qué limpió entonces su casa, aun con desgana? Porque ella estaba enferma y porque él la quería. ¿Cómo decirle ahora que estaba más dispuesto a cabalgar y sollozar y cabalgar de nuevo de vuelta a casa en la oscuridad que a quererla como es debido? No podía. Así que no dijo nada.

Por la mañana al mirarse se encontró un poco más delgado y eso le hizo sentir bien, se tomó un par de pastillas adelgazantes para celebrarlo. A sus cuarenta años era una adolescente anoréxica, menudo plan.

Y por qué no, se dijo, antes se mataban zulúes, se bebían martinis en el África colonial, se disparaba a bocajarro sobre elefantes indefensos, antes se llevaba un salakov y se torturaba al mundo, ahora tal vez haya que dejar al mundo en paz y someterse a la tortura de un castigo ridículo, íntimo e infinito.

Ahora bien, ¿por qué prescindir de Mónica, si Mónica era ahora toda su vida? Porque tenía mucho que cabalgar y mucho que sollozar en solitario antes de poder limpiar la casa de su amada con mediana eficacia, porque estaba cansado de buscar en las mujeres un consuelo para su enfermedad y cansado de odiarlas después por la ineficacia de sus tratamientos de cura. Porque no podía seguir intentando que las mujeres le devolvieran un reflejo de sí mismo muy superior a lo que él pensaba que era. Porque ya estaba bien de mujeres, para empezar, y porque las pobrecitas, al final, no tenían culpa de nada. La próxima vez, se prometió, no llegaré herido a la playa de nadie, llegaré en pie y enarbolando mi propia bandera, y mi amor será tan bueno como el de cualquiera y será uno de esos amores que hacen cosas, que joden alegremente, que disfrutan, que se divierten, que viven, y hasta haré una huerta si es que de una huerta se trata.

Éste era el amor que él había planeado, y hasta que este plan suyo tuviera el más mínimo atisbo de poder cumplirse, no tendría más contacto con Mónica, porque si en algo no podía ya equivocarse era en esto, porque si a alguien quería a estas alturas de su vida era a Mónica, aunque no la quisiera en absoluto. Y no porque ella no lo mereciera, que lo merecía, sino porque él estaba ya enamorado y hasta la muerte de otra mujer. En fin, que este asunto del querer se le estaba complicando a ojos vistas y ya no sabía dónde había dejado los guantes ni qué hacer con las manos.

Y ahora miremos a Mónica. Porque es real y está a lo suyo, como debe ser.

Mónica es preciosa, ya está dicho, y no camina sin su propio daño, pero de alguna manera su coraje navega más deprisa que su mala suerte, cosa que a él le admira, y en sus enormes ojos negros existe la promesa de cosas mejores, cosas que ella misma se promete y promete a quien quiera escucharla, y es dueña de una fiereza que primero ofende y asusta pero que, intuye él, también consuela y arropa, y es mujer de hacer cosas, sin por ello dejar de sentirlas, y tiene ahora, en este territorio de lo imaginado en el que él todavía se mueve, la capacidad de sobrevivir y de contar con lo mejor de sí misma como aliado, cuando él, a día de hoy, ha contado casi siempre con lo mejor de él mismo como enemigo, de ahí que no sea tan extraño que la quiera, ni sea casualidad, ni capricho que la quiera tanto.

Ya decía Pavese que no están locos los que hacen, y probablemente no lo estén tampoco los que quieren.

Y en cuanto al fin del mundo, no será esta semana. Ni mientras Mónica no quiera.

Se levantó muy temprano, y volvió a los versos de Blake que creyó haber abandonado. El ritmo, que al fin y al cabo es el gesto del poema, le pareció de nuevo visceralmente traicionado, así que se enfadó, y se puso a la tarea de enmendarlo. Sabía inglés suficiente, si hasta soñaba en inglés, algunas veces, no siempre, y además pensaba que el asunto no era en absoluto irrelevante. La precisión en la captura del ritmo exacto de estos versos en cuestión, que no se mencionarán nunca por respeto a su traductor, le pareció entonces la medida exacta de su amor por Mónica y al mismo tiempo una manera tan buena y efectiva como cualquier otra de detener el fin del mundo.

En esos versos, o en su reedificación, se sujetaba entonces su poca cordura, no había más que hacer, ni tarea más importante. En esos versos se hundía su vida, y de su empeño por enmendar esos versos dependía que fuera capaz de rescatarse del naufragio.

¿Y qué hacía Mónica mientras tanto? Su vida, claro está. Pues el amor de él, sabiéndose ciego y loco y manco y torpe, no exigía de ella demasiado. Así que Mónica, mientras tanto, un día se fue al fútbol, dos noches a bailar, una semana a Cancún, y cabe imaginar qué más cosas. ¿Estaba él celoso? Esta vez no. Porque no tenía territorio que defender, ni podía soñar con más paisaje que un lugar propio de su imaginación que vallaba con esmero en su locura, y en ese jardín soñaba con ella y con renacer antes de que ella le alcanzase, y antes de enfrentarse a ella. Soñaba con edificar al hombre que hace y quiere de verdad, al hombre que tiene una huerta bien llenita de tomates. Al hombre que caza, si es que hay algo que cazar. Él ya había sido un hombre muy distinto del que era, pero siempre por una mujer, y por una mujer estaba dispuesto a ser distinto de nuevo. En realidad por una mujer, y a qué negarlo ya, estaba dispuesto a lo que fuera. Las mujeres, (que por otro lado son más torpes que los bueyes), saben muy bien cuándo alguien las quiere por encima de otra cosa, y a ese amor por muchas vueltas que le den las pobres es muy difícil renunciar. También los hombres son más torpes que los bueyes pero los hombres, los pocos hombres que de verdad quieren, cuando quieren no están pensando en nada más. Para los pocos hombres que todavía se enamoran, el amor es un fin no un medio, y no lo van a canjear por nada. Y cuando les prohíben seguir queriendo se detienen, porque ya no saben hacer otra cosa.

Por la tarde acudió a la inauguración en la galería de Lola. Saludó a viejos conocidos con enorme desparpajo, alejando las dudas de preocupación de aquellos que le querían bien y ya le daban por muerto. A lo lejos vio a su ex mujer, preciosa como siempre, y esta vez se atrevió a saludarla. Apenas intercambiaron dos palabras y dos besos en la mejilla. Muy extraño. Pero así son las cosas después del final. Trató de no beber demasiado. Nunca bebía demasiado delante de los demás. Los demás le daban miedo.

Salió pronto de la galería. Puso una excusa para no asistir al *after party*. Se abrió camino a besos y apretones de manos hasta la puerta y no respiró hasta estar por fin en la calle. Sintió náuseas, de nuevo, pero el nombre de su amada le devolvió la calma. Bastaba con pensar en su nombre para conjurar todos sus miedos. Una palabra tuya bastará para sanarme...

Se alejó de la zona para no coincidir con ningún conocido y buscó refugio en un bar, bebió dos cervezas y se fue a dormir. Por un momento pensó que alguien le seguía, se giró dos o tres veces antes de entrar en el portal. Frente a su casa había una pareja de adolescentes semidesnudos, tocándose sin ningún pudor. Le resultaron encantadores pero no quiso mirar demasiado.

Por un instante se sintió bien, no había muchos momentos buenos en un día, así que mientras subía en el ascensor, trató de disfrutarlo. Se dio cuenta de que antes, cuando su vida no era el desastre que era ahora, tampoco había tantos momentos en los que se sintiera verdaderamente bien, decidió enfrentar su desgracia actual a su supuesta felicidad pasada y su desgracia, su desgracia de ahora, de hoy, de ese preciso instante, no salió tan mal parada como había imaginado, ni salió ilesa la felicidad que había dejado atrás.

Recientemente, y muy al norte, en una casa que no era la suya, vislumbró una felicidad posible. No es que la relacionase con él mismo, no era un billete de lotería en su mano, ni siquiera se trataba de un juego de azar, era una construcción edificada a pulso por una mujer valiente, y no imaginaba que hubiera lugar para él en esa vida que no era la suya, de hecho era consciente de que su error había sido siempre invadir vidas ajenas, filtrarse en la vida de mujeres que tarde o temprano terminarían por excluirle, por la sencilla razón de que el tamaño de su aportación resultaría siempre insuficiente, por más que él lo considerase siempre exagerado, casi desproporcionado. Se tenía en demasiada estima y al mismo tiempo en ninguna, y de esa cepa nacía luego su rencor, retorcido e intrincado, que se iba extendiendo con la única promesa de un vino muy agrio. Pero en esos montes, cubiertos de un verde generoso, amenazados siempre por una lluvia amable y refrescante, había sido capaz de intuir una felicidad que le excluía, pero que era un ejemplo de felicidad. Y constatar la existencia de una felicidad que provenía de la acción y la voluntad y el deseo sobre el mundo de lo real le produjo no pocas contradicciones. Por un lado, sabía a estas alturas que su vida de fantasma tenía ya poco futuro, por otro, consideraba una derrota profunda alterar su naturaleza incluso ante la promesa de una felicidad más que factible. De esa encrucijada no sabía salir sino reclamando una pausa, un margen para la reconstrucción, pero reclamándolo dónde o a quién. El tiempo una vez más se le echaba encima y seguramente ya había abusado de su suerte, siendo capaz de llevar esta vida demorada hasta el límite de lo imposible. No podía reclamarle al adorable y cruel mundo real una comprensión que él mismo se había negado, ni podía pedirle a sus preciosas hijas que crecieran más despacio, ni estaba convencido de ser capaz de pedirse a sí mismo crecer más aprisa. Su propia vanidad le había acorralado y era a su vanidad a quien tenía que exigirle ahora que le sacase de ésta. Ahora bien, no se engañaba. ¿Cuánto se le puede pedir a un fantasma? Sólo un esfuerzo más, se dijo, y se puso a la tarea.

Esa misma tarde le escribió una carta a su querido Bobby Fischer. Por supuesto, no conocía personalmente al enloquecido campeón de ajedrez que se escondía en su exilio islandés, y del que nadie sabía apenas nada desde hacía décadas, más allá de su absurdo conflicto con el Departamento de Estado norteamericano y su evidente deseo de desaparecer del mundo y seguramente del espectro de sí mismo.

Querido señor Fischer:

Enfrentado como estoy a un problema irresoluble, a varios problemas irresolubles, habría que decir, de los cuales y no el menor, es esta insensata preocupación por corregir traducciones ajenas, y aquí, si no se ha enfrentado a esta tarea y si no ha leído a Blake, debería añadir que no es en absoluto una tarea menor, y confiando en su destreza para imaginar soluciones dentro de conflictos marcados visceralmente por la naturaleza de las piezas en juego y la imposibilidad de alterar dicha naturaleza, que es la causa misma de las posiciones que dichas piezas ocupan dentro del conflicto, y en fin profundamente desolado por su situación y por la mía, me permito escribirle estas líneas, que seguramente no le harán a usted ningún bien, ni a mí tampoco.

Ni que decir tiene que esta carta no espera respuesta y tal vez ni siquiera espera, ni precisa, ser leída, ni es tampoco un mensaje en la botella, ni un grito de auxilio, ni el resultado de mi frustración. Puede que sea, es más, es con toda certeza, una acción, y podría decirse que una acción positiva, tanto en cuanto no requiere de usted más que su presencia imaginaria y de mí, un marco adecuado para la reflexión. Dicho lo cual, y por si acaso, le deseo lo mejor en esas tierras islandesas, extrañas pero seguramente hermosas.

De los juegos que sobreviven dentro de los límites de madera sabe usted más que yo, evidentemente, de los juegos que desbordan dichos límites, me atrevo a imaginar que desconocemos ambos casi todo, y sin embargo no deberían ser tan distintos. ¿O sí? Al fin y al cabo, fuera de ese marco no hay más que piezas que responden a su propia naturaleza en la dirección de todos y cada uno de sus movimientos y que no pueden soñar más que con posiciones previamente marcadas. Siendo más claro, verá usted, señor Fischer, mi vida se ha puesto muy cuesta arriba, y sé que no es culpa suya, de la vida, ni suya de usted, ni siquiera mía, porque se mueve cada uno en la dirección natural de las posiciones marcadas, y en la íntima exigencia de su propia naturaleza. Y de nada sirve gritarle a la torre, ¡no me vengas tan de cara!, o acusar al alfil de ladino, ni reírse de la ridícula arrogancia del caballo, que va como de lado sin ir de lado del todo, como ve usted mis conocimientos del juego que usted practica son casi nulos, de nada sirve, permítame continuar que ya acabo, imaginar un juego distinto ni la claudicación de una sola de las inercias naturales del conflicto, tampoco estoy dispuesto a regalarle ni a usted ni a nadie ninguna de las piezas que me quedan por más que no tenga la menor idea de qué demonios hacer con ellas. Y entenderá usted, supongo, siendo un campeón de ajedrez, el campeón de ajedrez más grande del mundo, por lo que yo soy capaz de descifrar del alcance de sus habilidades, que mi rey es tan bueno como el suyo, y entenderá también que no le ceda ni a usted ni a nadie ni uno solo de mis peones. Así que no queda más que vislumbrar no ya una solución, sino un modelo de resistencia que sea factible, y que como tal no ignore ninguna de las posiciones ya tomadas, ni ninguna de las posiciones posibles. He aquí que me enfrento ante lo que he dado en llamar el problema legendario de mi propia existencia, que depende tanto de la teoría hegeliana, somos historia más memoria, como de las ensoñaciones whitmanianas, somos libertad y espíritu, porque, sea como sea, las posiciones de la memoria, y las del espíritu, son las posiciones posibles, y cabría decir prefijadas, y no existe más que el límite del juego y el juego mismo. Y la fe, querido Bobby, y permítame la arrogancia de llamarle así, señor Fischer, mueve montañas, pero son las montañas que están y se mueven entre los límites de la posibilidad, incluidas claro las posibilidades de la fe, y nunca fuera de ellos.

Y en un par de meses, y con esto le dejo, se termina el verano, y vuelven mis hijas, y vence la hipoteca, y para qué le voy a contar más. Si acaso añadir que quería mucho a una mujer que ya no me quiere, y que era bastante guapa, y la verdad, Bobby, sepa uno o no de ajedrez, eso duele. Y además me temo que la quiero aún con toda el alma y no sé, honestamente, si podré amar de nuevo. Aunque a menudo me invento un amor colosal que no es sino la mudanza de los muebles del amor ya perdido.

Cada uno será grande en relación con aquello con lo que batalló, decía Kierkegaard, vea usted que admiro, por tanto, mucho más su grandeza que la mía, pero no me niegue usted mi parcela de grandeza, que sigo hablando de amor cuando ya nadie me escucha.

Guardó la carta en un sobre y la dejó junto a la puerta como si de veras tuviera intención de mandarla. Se alejó dos pasos y regresó a por ella, sacó la carta del sobre, se sentó y siguió escribiendo.

Y ahora bien, ¿de qué se me acusa, al fin y al cabo? ¿Acaso no amé con la naturaleza que me fue dada, y puede que incluso por encima de mis posibilidades, tensando cada vez el arco de mis propios intereses? ¿Acaso no desprecié siempre la tierra conquistada para adentrarme una y otra vez en el bosque de mi derrota? Donde sabía, porque lo sabía, porque hasta me lo había avisado mi madre, que me iban a dar, pero bien. Que así lo decía ella, ni más ni menos, mi madre, que es muy salada. Me decía, tú sigue así, hijo, que te van a dar, pero bien. Y vaya si me han dado, señor Fischer, y perdóneme el haberle llamado Bobby hace un segundo, que tiene usted toda la razón al pensar que tales confianzas no vienen al caso. Pero permítame que le exija, tal vez exigir no es la palabra más adecuada, pero se lo exijo igualmente, que no me interrumpa justo ahora, que ya termino. De qué me arrepiento, señor Fischer, y qué se me exige, y por qué este sufrir, así, tanto y para nada. Y qué derecho tiene usted a juzgarme, usted precisamente que ha sido tan injustamente juzgado.

Después arrugó la carta en un último arrebato de ira y la guardó en el bolsillo.

Buscó en los cajones desordenados, llenos de facturas y clavos y pilas gastadas, hasta que dio con los post-it. Despegó uno y escribió:

Señor Fischer, ocúpese usted de su vida que yo me ocupo de la mía. Por lo demás, le deseo lo mejor.

Esa misma noche quedó a cenar con unos amigos. Se había condenado a esta vida de castigo en la que apenas si veía a nadie, avergonzado como estaba de su condición, por más que no supiera cuál era su condición exactamente.

Al calor del vino y una buena cena y la conversación ligera y achispada de sus viejos camaradas, la vida le pareció de pronto insoportable.

El aire le faltaba, la comida le produjo náuseas, y no fue hasta que improvisó suficientes excusas y se vio por fin en la calle, y pronunció el nombre de su amada ya perdida, que comenzó a sentirse de nuevo en tierra firme.

Cabalgar y sollozar, se dijo, y nada más, ése era el trato.

Y en este punto cerró Sebastián el recuerdo de la víspera, para volver a la Embajada suiza. A su aquí y ahora.

El corazón de Christian

—¿Y por qué ella está fuera de todo esto?

El apuesto suizo había vuelto, y se había puesto a hacer preguntas, sin que Sebastián se diera ni cuenta. Tan ocupado estaba construyendo los planos de su desgracia que, como siempre, se le escapaba casi todo. Tus redes agujereadas no atrapan peces de verdad, se dijo al darse cuenta de la presencia del suizo, y después se dijo a sí mismo, ¡imbécil!, en voz muy bajita.

El joven se había sentado a su lado como si tal cosa pero no habían pasado cinco minutos, sino cincuenta. ¿Cómo le reclama un hombre a otro una tardanza afectiva sin ser su padre o su hijo o su novio? Sebastián supo que no podía decir nada. Nada le obligaba a este buen muchacho a darse prisa, bastante es que había vuelto. Disimuló su rencor y su impaciencia lo mejor que pudo.

—¿Perdón? Ah, es usted...

Sebastián hizo como si apenas se acordase de su rostro, como si no llevara casi una hora esperándole. Christian no se dio ni cuenta de los juegos que Sebastián jugaba para salvar su autoestima.

—Se ha terminado todo... Tiene una vía en el casco del tamaño de un tiburón blanco.

—¿Me está hablando de un barco?

—No de un barco, de mi barco. Bueno, iba a ser mi barco, pero tiene una vía en el casco del tamaño de un tiburón blanco... Me acaban de llamar de

Mallorca... Tiene una vía de agua del tamaño de un tiburón...

—Blanco —interrumpió Sebastián—. Eso ya lo he oído. ¿Qué barco es ése?

—El *Infinito*. Tres palos, veinte metros de eslora, una belleza, mi padre me lo iba a regalar y ahora mi padre se ha enfadado y ya no tengo barco.

—Es la desgracia más grande que he oído en mi vida.

—Bueno, es la mía, cada uno tiene las suyas. Día tras día, barco tras barco, todo se hunde, no me pueden castigar más, ¿pueden?

—Pueden.

—No me refiero a mis padres, ellos no tienen que ver en esto, tengo mis propios ingresos... Hablaba en un sentido más amplio.

—Yo también.

—¿De qué está hecho?

—¿El qué?

—Este snaps... todo esto... Dios mío, soy siempre tan feliz que no me doy cuenta de nada. Mi padre, por ejemplo, ¿sufre? Seguro, pero no me doy ni cuenta, no es mi sufrimiento... Yo no sufro en realidad. Yo soy un tipo feliz generalmente. ¿Es usted feliz generalmente? Claro que sí, generalmente todo el mundo es feliz... pero, de pronto, una vía de agua te dice algo...

—Que no te acerques a las rocas...

—No, no..., eso son metáforas..., una vía de agua es real. Sé que usted escribe y todo eso, pero yo no. Yo ando por ahí y agarro lo que puedo... Esa chica, Mónica, es realmente preciosa... Me pregunto si a usted le importaría...

—Me importaría.

—Todavía no he terminado... Me pregunto si a usted le importaría que yo la llamara.

—Pensé que ya me había adelantado...

—No, hombre, eso me lo he inventado, creí que se daba cuenta siendo escritor y todo eso.

—No hay todo eso, soy escritor y ahí termina todo eso.

Dónde va toda esta conversación, se preguntó Sebastián, no hay nada que hablar con este joven mentiroso.

—¿Por qué en estas fiestas contratan tan pocos camareros? Supongo que es para gastar menos botellas. Se habrá fijado que cuando cobran las copas, en un bar, cualquier bar, cuando las copas se pagan de verdad, siempre hay muchos camareros y cuando son gratis sólo hay uno. Ah, las copas gratis viajan siempre muy despacio. No sé, el caso es que estaba allí esperando mi snaps y he pensado que me caía usted muy bien y que no tendría que haberle contado nada y que podría usted haberse ofendido, porque a veces soy muy bocazas, y hablo y hablo y no digo nada, pero soy buena gente en general y después he vuelto aquí a buscarle..., no porque me diese pena, sino porque me cae usted muy bien, y porque para ser totalmente honesto, apenas he bailado un poco con ella y quería que lo supiera, porque no me gusta mentir, y no sé por qué he mentido antes, y luego otra vez, no sé, supongo que a usted lo mismo le da, porque en vez de estar con ella está aquí sentado, en fin, que tenía prisa por venir a decirle la verdad, porque a mí mentir no me gusta nada..., así que he venido lo antes que he podido, en cuanto me han dado por fin mis copas..., bueno, en realidad por el camino me he entretenido un poco con Filippo.

—¿Quién es Filippo?

—¿No conoce usted a Filippo?

—No.

—Filippo es suizo italiano, pero lleva años aquí, tiene una de esas empresas de relaciones públicas, yo he hecho muchas cosas para ellos, cosas que ni se imagina. Están por toda la ciudad, conocen a todo el mundo y a todas esas modelos tan delgaditas. Es buena gente Filippo, y no para de hacer dinero, este verano le he hecho un *service* en Ibiza.

—¿Un *service*?

—Con unos árabes. Chófer, guía, un poco de todo, que si quieren de esto se lo consigues y si quieren de lo otro también. Menudos eran los árabes. Llevaban tres barcos, uno para ellos, otro para invitados y uno lleno de putas. Unas tías tan elegantes que no parecían ni putas, pero que eran putas. Va a todo tren esta gente. No me puedo creer que no conozca a Filippo, tiene que conocer a Filippo, en esta ciudad todo lo que se cuece lo cuece Filippo.

—En realidad no conozco aquí a casi nadie.

—Ya veo, ¿y qué narices hace aquí, si no le molesta que le pregunte?

De pronto el suizo se levantó y miró al cielo. Y enseguida retomó el hilo.

—Dios, una vía de agua así, y en el barco de mi padre... Cómo he sido tan absolutamente retonto. Esas islitas son de lo más traicioneras, hay rocas cerca del espalmador del tamaño de una montaña, una montaña submarina, claro, y lo sabía porque llevo años navegando por allí, pero íbamos muy puestos,

Dios, siempre voy muy puesto, bueno, ahora no, claro, pero a veces voy siempre muy puesto... No sé si tiene mucho sentido decirlo ahora pero preferiría que no hubiese pasado. No soy tan rematadamente tonto como para no darme cuenta y creo que me he quedado sin barco y me encantaba ese barco. Tendría que haber sido mío pero conociendo a mi padre ya puedo olvidarme de él. ¿Ha perdido alguna vez un barco?

—No, nunca, he perdido muchísimas cosas pero nunca un barco.

—Ya me imagino. Seguramente le estoy sonando muy estúpido hablándole de todo esto, y lo siento, pero era un barco precioso y casi era mío. En fin, no quiero aburrirle. En cuanto a Mónica, aún me gustaría llamarla, si no le importa, pero no tengo su número.

—Pídaselo a ella.

—Creo que ya se ha marchado.

—No lo creo, me habría dicho algo...

—Lleva usted dos horas escondido detrás de este sauce, puede que lo haya intentado o que haya entendido a la primera que no quería usted que le encontraran. Se ve que es una chica muy lista. Lo que no acabo de entender es cómo está fuera de todo esto.

Sebastián no supo si aquello era una pregunta directa y se pensó un segundo si debía contestar, y a punto estaba de hacerlo cuando apareció un joven con aire de italiano, y Christian volvió a dar un salto.

—¡Filippo! Venga, que le voy a presentar...

—No hace falta —dijo Sebastián, abrumado por su repentina vida social. Pero no pudo hacer nada por evitarlo y al segundo le estaba estrechando la mano al tal Filippo con un afecto tan contundente que se le saltaban las lágrimas—. Me han hablado mucho de ti —dijo, y enseguida se dio cuenta de que no sabía lo que decía, de que el snaps y la tristeza le llevaban por caminos por los que no quería ir.

—Es un amigo mío, escritor, sabe muchas cosas, pero no las cuenta —dijo Christian, y Sebastián agradeció sinceramente el orgullo que delataban los ojos de su nuevo mejor amigo.

Filippo le dio un abrazo desmesurado, y se declaró enormemente feliz de conocerle.

—La escritura —dijo Filippo mirando a la luna, como si la luna tuviera algo escrito—, qué gran cosa es ésa... Yo no leo mucho, porque no tengo tiempo, pero la escritura es, creo, un don. Guárdalo muy bien, compañero.

Se dio cuenta sólo entonces de que Filippo le tuteaba, que es lo más normal, pero que llevaba ya largo rato hablando de usted con Christian, seguramente porque el joven suizo había utilizado ese trato desde el principio, y sintió una ternura enorme por el apuesto Christian, y la disimuló lo mejor que pudo.

Después Filippo ya sólo se dirigió a Christian, y dijo sí y no, y yo, y nosotros, y cogió el móvil dos veces, y habló con muchachas preciosas, o eso dijo cada una de las veces que colgó, y dijo el nombre de dos o tres bares del centro, con gran excitación, como si su vida fuese un calendario con todas las fechas y todas las horas marcadas de rojo festivo y lo dijo todo en voz muy alta, un volumen ensordecedor, pero cariñoso y amable, y en fin, un gran tipo Filippo pero Sebastián se alegró muchísimo cuando por fin encontró algo mejor que hacer y se excusó.

—No puedo quedarme más —dijo Filippo—, la vida sigue.

—La vida sigue, amigo mío, y más vale que sigamos detrás de ella —balbuceó Sebastián aun a sabiendas de que el tal Filippo ya no le escuchaba. Antes de irse le hizo un gesto a Christian señalando su reloj, como para dar a entender que no soportaría por mucho más tiempo la demora de su compañero de armas. Al fin y al cabo, la vida seguía.

Para su sorpresa, Christian no se fue detrás de su amigo, que parecía lo más recomendable, y se quedó a su lado, junto al sauce.

—Decía —insistió el suizo, volviendo a lo suyo, como si esta interrupción no hubiera sucedido nunca— que cómo es que está ella fuera de todo esto.

—¿Ella? —replicó Sebastián—. ¿Qué ella?

—... Es una mujer preciosa y usted la trajo al baile y pasan las horas y usted está aquí y yo estoy aquí, hablando con usted, y ¿dónde está ella?

—No lo sé... Si le digo la verdad, ella se me escapa, se me escapa casi todo últimamente.

—¿Y a quién no? Es todo tan raro y tan triste, y yo a veces me quiero morir.

Dicho esto el joven suizo rompió a llorar y Sebastián, que esperaba todo menos eso del alegre Christian, no supo qué decir, ni si debía decir nada. Se quedó mirando al joven pidiéndole a Dios que aquel llanto fuera una broma.

—Ya está —dijo Christian dejando de llorar, como quien cierra un grifo—. A veces hay cosas que me dan una pena tremenda, pero enseguida se me pasa. Este verano sin ir más lejos, en Ibiza, en el mismísimo Space como a las seis de la mañana, pinchando Dj Kein, que es como escuchar al dios de los dj del mundo, rodeado de las mujeres más guapas que se pueda imaginar, algo me dio una pena enorme y me puse a llorar.

—¿Qué le dio tanta pena?

—¿Sabe quién es Dj Kein?

—Ni idea. ¿Qué le dio tanta pena?

—No me puedo creer que no lo conozca, él solito inventó Manumission... pero a veces la gente no se da cuenta..., no se da cuenta de la importancia de ciertos momentos que son tan importantes, al menos como otros... Digamos que hay un tipo en una cueva y tiene miedo y escucha la música de una tribu cercana... en fin, estamos hablando de Manumission, Londres, ya en los primeros noventa, qué narices..., es historia... No estoy hablando de ninguna tontería, se están construyendo muros más altos que los muros que cayeron, y no estoy hablando de bongos, y manifestaciones antisistema, ni de los pijos de Formentera que se tiran el folio con la magia telúrica... por favor... yo ni siquiera estoy hablando de amor, ni de energía, ni de todos esos cuentos para tontos, que mira que son tontos, y que bailan y viajan, y follan como tontos... Le estoy hablando de Dj Kein..., no del flautista de Hamelín..., y no lo digo por la gente, ni el Space, ni la madre que... La gente le mira como si fuera el mismísimo Jesucristo y no es eso..., no es eso... Dj Kein pincha una cosa que no es *house,* ni *garage,* ni *progressive,* ni *funk,* ni *splash,* una cosa que es Dj Kein y nada más. Ya está y ya está dicho y seguro que usted me entiende mejor de lo que yo me explico.

—No tengo la más remota idea de lo que está hablando, pero me gustaría sinceramente saber de dónde venía esa pena, qué le recuerda ahora a ésta.

—Ni idea, iba muy muy pasado. Ya sabe cómo es Ibiza. Pero debió de ser una cosa tremenda porque yo casi nunca lloro. Algo de amor, o tal vez mi madre lloró antes por alguna cosa, yo es que si veo a mi madre llorar, me pierdo. Soy bastante buena persona en general. No sé, iba muy muy muy pasado... Puede que atropellase un perro, hay perros en la carretera de San Antonio que se cruzan como locos, perros que se escapan o que la gente suelta porque hay gente que no cuida a sus perros como es debido. Puede que fuera eso. Pero si fue eso no me acuerdo, y si fue eso, le juro que lo siento con toda mi alma, porque a mí los perros me gustan más que los gatos, por ejemplo, aunque tampoco me gusta atropellar gatos, no me gusta atropellar nada en general. Pero si atropellé a ese maldito perro no fue culpa mía y lo siento, lo siento en lo más profundo del alma. Iba muy pasado. Aunque no es seguro, ni he dicho yo ni hay quien pueda acusarme de atropellar ese perro, ni de atropellar ningún otro, ni nada vivo, para el caso.

»El asunto es —añadió, recuperando su antiguo vigor— que no comprendo, no comprendo en absoluto por qué hablamos de mujeres que no están, en lugar de estar con las mujeres de las que hablamos.

Dicho esto, se levantó de nuevo de un salto. Sebastián no podía sino admirar la energía de este muchacho que lloraba, atropellaba, bebía, follaba y conversaba tan amigablemente con cualquiera.

—¡Más snaps! —dijo Christian, ya a la carrera, de vuelta hacia los salones—. ¡Estas fiestas suizas son la cosa más aburrida del mundo!

Sebastián se quedó mirando al triste a veces, a veces alegre, y siempre fornido y encantador suizo.

Y por un instante se imaginó cómo sería pertenecer a esa raza de jinetes, deportistas, vividores, en el mejor sentido de la palabra, y lo pensó sin una sombra de envidia o rencor, simplemente con la enorme curiosidad con que se miran a veces dos seres de distintas especies, que no es muy diferente a la curiosidad con la que un mono mira su propio reflejo. No se le escapaba que este Christian, tan apuesto, tan rotundo, tan perdido a ratos, tan real, se parecía enormemente a su Ramón Alaya, y puede que incluso a él mismo. Y tal vez sólo por eso le había tomado un cariño inmediato. Para quien nunca ha jugado al polo ni tiene la posibilidad, ni la menor intención, de hacerlo, todos los jugadores de polo son dioses, aunque no jueguen al polo, aunque sólo descacharren veleros en las limpias aguas de Formentera.

Esta vez, la ausencia de Christian fue más larga, o al menos esa sensación tuvo Sebastián, que ya no fijó un límite a su paciencia, y por tanto ni miró su reloj, tan seguro estaba ahora de que esperaría la vuelta del muchacho, sin importarle cuánto tardase el suizo en regresar. Sin importarle si regresaba.

Para hacer tiempo, y teniendo en cuenta que en esa fiesta no tenía más asuntos que el suizo y Mónica, decidió pensar en Mónica, aun a sabiendas de que todo lo que pudiera pensar de Mónica no le ayudaría lo más mínimo a levantarse y buscarla, ni siquiera conseguiría reunir el coraje suficiente para llamarla desde su teléfono móvil, o a tomar ninguna decisión con respecto a ella. A pesar de que se había jurado no convertir a Mónica en un personaje de ficción, lo cierto es que Mónica, antes de la sala de espejos, ya se había escindido en dos. Una de esas dos mujeres visitaba su corazón libremente, y la otra estaba confinada fuera. En ese lugar que los místicos llamaban, con alarmante arrogancia, la cárcel del mundo. Ese lugar en el que el joven y arrogante Kierkegaard dibujó el infierno de sus limitaciones, donde todos los que no son capaces de amar lo real imaginan la victoria, o peor aún, subliman la derrota. Si alguien puede imaginar la importancia de un puente es seguramente capaz de construirlo, si alguien es capaz de imaginar la inutilidad de un puente, ignorando la necesidad de lo real e imaginando a cambio la impotencia de lo real sobre lo ficticio, será capaz con toda certeza de ignorar, no ya el puente sino la necesidad del puente, y por ese estrecho camino, la necesidad última de cruzarlo. Sebastián, que se sabía su Kierkegaard de memoria, y lo admiraba y lo amaba y lo adoraba, más allá de lo que es conveniente adorar ninguna causa imaginaria, empezaba a estar un poco ya hasta las narices de Kierkegaard, y empezaba a estar ya más que harto de que un danés cobarde cubriera el suelo de su propia casa de excusas para no vivir. Porque lo cierto es que a Sebastián se le estaba acabando el tiempo y ni Kierkegaard ni la encantadora madre de Kierkegaard se lo iban a devolver.

En ausencia de Christian y fin

En ausencia de Christian, y asumiendo ya esta ausencia como definitiva, fue capaz de mirar alrededor deteniendo a su antojo la velocidad de las cosas. Así las hojas del sauce se movieron muy despacio contra la brisa, y las pocas nubes que cruzaban la luna llena se acomodaron al pulso de su mirada. Y los últimos invitados de la fiesta demoraron sus pasos hasta la verja, entre ellos el joven suizo y Filippo riendo sus propias ocurrencias, sin girarse a mirarle, y en la sala de baile, Mónica se detuvo un segundo junto a la ventana, para sonreír a un hombre que ya no era él, y hasta encendió un cigarrillo, e improvisó gestos encantadores que él ya conocía, y luego, después de mirar al jardín sin verle, o tal vez precisamente al verle, o simplemente intuyendo su presencia o a lo mejor sin pensar siquiera en él ni recordar ya su nombre, pues no todo giraba en torno a Sebastián, por más que a él le costase tanto trabajo aceptarlo, Mónica, que no era ni una maga, ni una adivina, ni una rosa, ni una musa, cerró por fin la ventana.

Y al cerrarse esa ventana, sintió que su vida se acababa, sin pedirle siquiera permiso. Y sintió, con enorme alivio, que ya no era responsable de lo que sucediera después. Pero tampoco se engañaba, sus camisas por bien planchadas que estuvieran, y nunca lo estaban, olían siempre a lo mismo. ¿Qué sentido tenía entonces seguir imaginándose distinto? ¿Para quién fingir? Todo lo que sentía ahora lo había sentido antes, al cerrarse otras ventanas, y no fue del todo cierto.

Y sin embargo quería regalarse, precisamente en la Embajada suiza, flores distintas. Si no esta noche, tal vez otra, y si no aquí, porque estaba ya acostumbrado a fracasar puntualmente, en otro sitio, pero tendría que encontrar, algún día, para su oficio de bufón, un rey mejor y más magnánimo, y otras noches y días de esa lluvia de antaño, y sueños que no se rieran de él.

¿No merecía una oportunidad más, un segundo al menos? Si no podía regalarse eso, ¿qué le quedaba? ¿Y por qué ayer, precisamente ayer, iba a empañar toda su vida?

El monstruo que imaginó que era poco a poco se estaba quedando dormido.

La sangre de sus manos se iba, después de todo, con el agua de un solo río.

Y cuanto más limpio se sentía más claramente recordaba.

Tal vez ayer, no ayer mismo, pero en ese ayer anterior, que le descuartizaba cada mañana desde entonces, había enredado sin saberlo su lícito dolor con una ilícita venganza, y por eso ahora, ya más sabio, decidía por fin refugiarse en un sentimiento nada peligroso, puede que el último sentimiento inocente que le restaba. Al ver a Mónica cerrar la ventana y apartarse de ella hasta desaparecer de su vista, sintió alivio. Sebastián repitió en su cabeza esa palabra, como si hubiese descubierto un medicamento milagroso para una enfermedad común, por no decir vulgar, y sin lugar a dudas devastadora.

Alivio era al fin y al cabo todo lo que buscaba desde un principio.

No quería, en realidad, jugar al polo en las antípodas de sí mismo, ni conquistar o reconquistar nada, no quería vencer ni ser vencido, sólo quería que algo o alguien, y al final nada, le aliviara del peso imposible de sus cosas. Aquí podrían haber sonado violines, que no sonaron, pero igualmente se arregló la chaqueta y se peinó un poco, tirando de su pelo hacia atrás como hacía cuando ella le miraba, y dueño de una atención que nadie le prestaba, se sintió por un instante, si no valiente, sí al menos dispuesto.

Las Alicias de uno y otro lado del espejo tendrían entonces que esperar, porque este momento era suyo, y no había reflejo que le devolviera lo perdido, ni pensaba ya buscarlo. No era más insensato que el resto de los profetas que juran lo que sólo intuyen y niegan lo que de verdad saben, ni mentía menos ni peor que el resto de las mujeres que le habían amado pero no lo suficiente. Por una vez en su vida, no pedía nada. Sólo se peinaba, tranquilamente y respiraba en el jardín con el mismo derecho que cualquiera.

También sabía, y lo sentía ya, que si algún día conseguía salir de aquí, si se alzaba por encima de esta derrota siquiera un palmo, no volvería a mirar atrás y sería inmisericorde con los caídos, y no reconocería a ninguno de sus compañeros de desgracia, pues tal era su cruel naturaleza, o tal vez la naturaleza misma de la supervivencia. Ahora que estaba ya a punto de dar el primer paso a donde fuera que fuese, y ya con la arrogancia de los que se sienten capaces de andar, por más que no anden todavía, repasó cuidadosamente su sombra, para descubrirse de cuerpo entero, por primera vez.

Y decidió que no importaba cuántas ventanas cerradas, por él o por otras manos, se encontrase en su camino, volvería sin duda a intentarlo.

No hoy, por supuesto. Tal vez mañana, con un poco más de fuerza, un poco más de coraje, tal vez ayudado por un buen desayuno. Unos huevos con bacón, un café bien cargado, un poco de ejercicio, tal vez después de una noche sin sueños envenenados por el amor perdido.

Decidió allí, junto al sauce, que tenía todo el derecho a volver a intentarlo, y que nada ni nadie le impediría amar de nuevo.

Y decidió que finalmente se pondría en pie, pero no justo ahora.

Y tal vez amparado en ese coraje futuro, que ya intuía, consiguió tener por su figura, por su chaqueta de Paul Smith mal planchada, por su pelo, sus ojos, sus manos, su sombra alargada a la luz de la luna del jardín de la Embajada suiza, algo de cariño, y no poca nostalgia. Volvería a querer, de eso no le quedaba ya ninguna duda, y tal vez (seguramente en realidad, para qué engañarse más), volvería a querer lo que ya había querido. Y hasta puede que se presentase la misma mujer, u otra muy parecida, con un vestido distinto, más largo, más corto, más alegre, más serio, más sensato, e incluso tratase de engañarle con un nuevo peinado, pero sería la misma. Una sola mujer y un solo vestido. Una verdad recordada, en lugar de una mentira repetida. Sólo ella, y nada extraño. Su cabello en la almohada abandonado como una fortuna dilapidada, y un Dios mejor para una vida distinta, las venas azules de sus pies, su olor, tan diferente al resto de los olores del mundo, la casa de empeño cerrada y nada más que dar, y mirarla para siempre mientras duerme. Su tiempo, detenido y entregado. Nada de lo que ella o él dijeron, pero todo lo que fue, y un segundo al lado de la mujer amada, que dura todavía.

Y por qué no morir, finalmente, amando.

¿Hay mejor ocupación? ¿Existe acaso una manera mejor de pasar el tiempo, de recorrer ciudades, de darle su sentido a cada plato de sopa?

¿Por qué no hablar de amor todo el tiempo y de nada más?

¿Con qué corazón iba a querer sino con el suyo? ¿Para qué enterrar a los muertos, si sus nombres permanecen firmes sobre la tierra del cementerio? De lo perdido que no se olvide nada. El hombre que muere no conserva derecho alguno sobre el hombre que ha vivido. Sebastián supo, y lo supo junto al sauce, que cualquier forma de amor le recordaría siempre y dolorosamente al amor que conocía. Pero no encontró en ello ningún mal, y se abrazó al amor que fue capaz de dar un día, como una madre se abraza a los soldados que no regresan de la batalla. Nadie puede negar que fueron, piensa la madre de todos los soldados caídos, y así piensa Sebastián, que nadie puede ni tiene por qué negarle la oportunidad de haber sido. De haber amado, de haber besado, de haber intentado ser muy distinto de lo que es ahora.

Algún día, y eso también lo supo entonces, ya demasiado tarde y junto al sauce, no sería tampoco y nunca más lo que es ahora, y deseó que hubiese sido posible pertenecer para siempre a esa especie de pequeños monstruos disecados que adornan los museos de ciencias naturales, no ser más, ni otra cosa, que un animal derrotado para siempre, pues no había, a su juicio, condición más heroica ni más noble, pero entendió que aquello no era posible, y ya nunca le dio más vueltas.

Algún día no le quedaría más remedio que ser un animal muy distinto.

Cuando quiso darse cuenta era el último invitado.

Es bien sabido que el último en abandonar la fiesta es siempre el intruso.

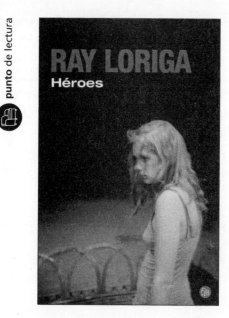

Bob Dylan, David Bowie, Mick Jagger; las carreteras; una chica rubia cuyo corazón se partió en mil pedazos; la huida con un amigo que le robó el Mercedes a su padre o el día que su hermano perdió una oreja son los fogonazos que se suceden en la mente de un chico que, harto de las tiranías cotidianas, decide encerrarse en su cuarto. A través de los recuerdos, de las canciones de rock —el sueño del protagonista es ser una estrella de la música— y de una estética discontinua cercana al cine nace *Héroes*. Ray Loriga engancha con la potencia de las imágenes y la brutal honestidad de las palabras.

«Ray Loriga es la estrella del rock de las letras europeas.»
The New York Times

«Ray Loriga escribe como si fuera un hijo bastardo postexistencialista de Camus.»
The Observer

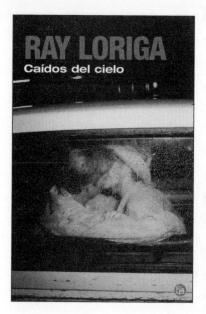

Un adolescente escapa con una chica a la que ha secuestrado tras matar con una pistola a un guardia de seguridad. Una *road movie* que cuenta la historia de una huida. La maldad disimulada, la imposición de una identidad, el machismo soterrado... son motivos suficientes para que el protagonista se fugue en compañía de la chica y reclame a voz en grito, en cada uno de sus actos, que lo dejen en paz. *Caídos del cielo* fue adaptada al cine por el propio Ray Loriga *(La pistola de mi hermano)*, que plasmó en imágenes ese mundo de obligaciones y retos que ponen en evidencia lo que hay detrás de él: nada.

«Ray Loriga es la estrella del rock de las letras europeas.»
The New York Times

«La voz de una nueva generación.»
The Daily Telegraph

Todos tus libros en
www.puntodelectura.com